響け! ユーフォニアム
北宇治高校の吹奏楽部日誌

監修 武田綾乃

宝島社
文庫

宝島社

目次

編集・執筆 天野由衣子（コサエルワーク）、オザワ部長
カバー&本文イラスト アサダニッキ
カバーデザイン 藤牧朝子
本文デザイン&ＤＴＰ 有朋社
協力 『響け！』製作委員会

この物語はフィクションです。作中に同一の名称があった場合でも、
実在する人物、団体とは一切関係ありません。

本書は書き下ろしです。

冬色ラプソディー

〜北宇治高校　定期演奏会〜

その静かな双眸《そうぼう》が、久美子《くみこ》の顔を映し出す。薄桃色の唇は固く引き締められ、頬の輪郭を覆う黒髪の隙間からは、彼女の真っ白な耳がのぞいている。紺色のセーラー服の袖口を指先で握り締め、鎧塚《よろいづか》みぞれは小さく頭を下げた。

「……よろしく」

その傍らで、新しく就任したばかりの部長と副部長が仲睦《むつ》まじそうに並んで立っている。ニヤニヤと綻ぶ口元を見るに、彼女たちがいまの状況を楽しんでいるのは明らかだった。

「いやあ、久美子がいてほんまよかった」

「アンタならまあ、みぞれとも上手《うま》くやれるでしょ」

優子《ゆうこ》と夏紀《なつき》。犬猿の仲と称される二人も、いまばかりは団結しているように見える。なんでだ、と久美子は思った。いったいどうしてこうなった!

時は少し遡る。十月に行われた全日本吹奏楽コンクールの全国大会を終え、北宇治《きたうじ》高校吹奏楽部の三年生部員たちは引退を迎えた。最高学年であった部員たちがいなくなると、いままでは窮屈に感じていた音楽室もぐっと広くなったような気がする。部員たちは来年に向けて新体制を築き始め、そこで新しく部長と副部長に任命されたのがトランペットの吉川《よしかわ》優子とユーフォニアムの中川《なかがわ》夏紀であった。

吹奏楽部には多くの役職があるが、久美子は新入生の指導係という役職についた。同じ学年の生徒たちはすでに自分の仕事を行っているが、久美子の場合だと新入生が入学するまでほとんどやることがない。つまり、暇なのだ。そこに目をつけたのが優子と夏紀で、二人は久美子が音楽室に入ってきた途端ににこやかな笑顔でこう告げた。

「今日からみぞれの補佐をお願いするわ」

「へ？」

「いまやったら時間あるやろ？」

ニカッと笑う夏紀の唇の隙間からは、少しとがった犬歯がのぞいている。状況がつかめず、久美子は首を傾《かし》げた。窓の外を見やると、グラウンドはうっすらと白い。十二月も後半になり、最近では雪がちらつくことも珍しくはなくなった。

「補佐って、なんの話ですか？」

「やから、この子の補佐」

ずい、と優子が差し出してきたのは、彼女たちと同じく二年生部員の鎧塚みぞれだった。北宇治高校吹奏楽部で唯一のオーボエ奏者であるみぞれは、今年のコンクールでもソロを担当した。口数の少ない大人しい先輩だが、その実力は折り紙付きだ。

優子が笑う。

「みぞれ、定期演奏会係やねんけどさ、やっぱ一人じゃまとめんの大変みたいやから。

補佐してくれる子探しててん」

定期演奏会係。その役職名は何度か耳にしたことがあったが、相当ハードだと聞いている。できればあまり関わりたくない。こちらの内心を知ってか知らずか、夏紀が満足そうにうなずいている。

「我ながら、ナイス人選やわ」

「いやいや、思いついたのはアンタじゃないやん」

「でも実行しようって言ったのはうちやし」

「うっわ、ずっこ！　そうやって手柄横取りして！」

やいやいといつものように口論を始める二人を放置し、久美子は黙り込んでいるみぞれへと視線を送った。

「みぞれ先輩的にはいいんですか？　私が補佐で」

「うん。うれしい」

彼女の頬がわずかに緩む。一見すると無表情にしか思えないその面持ちが喜びの表れであることを、久美子はとうに知っていた。普段からあまり他者に頼らないみぞれのお願いだ。そう考えると断るのも酷な気がして、久美子は曖昧な笑みを浮かべた。

「じゃ、じゃあ、誰もやる人がいなかったら、私がやるということで……」

久美子がそう答えた途端、これまで言い争いをしていた優子と夏紀がピタリと同じタイミングでこちらに顔を向けた。はやしたてるように、パチパチと盛大な拍手が送られる。

「お！　補佐役決定やな！」

「いえ、そうじゃなくて、誰もやる人がいなかったら私がやってもいいかなー、みたいな感じで、」

「さすが低音パートの優秀な後輩！　面倒な仕事を率先してやるとは、なんてすばらしい心構えなんやろね！」

久美子の否定の言葉などお構いなしに、二人は拍手を続けている。その音に反応したのか、周囲にいた二年生の先輩たちがこちらの様子をうかがいに来た。まずいぞ、と内心で冷や汗をかいている久美子に向かい、みぞれはダメ押しと言わんばかりに頭を下げた。

「……よろしく」

ハメられた。ニヤニヤと笑い続けている二人を横目に、久美子は観念したようにうなずいた。

「聞いたで。久美子って、定期演奏会係の手伝いするんやろ？」

いつものようにパート練習の教室に向かうと、葉月《はづき》と緑輝《さふぁいあ》がぱたぱたとこちらに駆け寄ってきた。コントラバス担当の緑輝とチューバ担当の葉月は、久美子と同じ一年生部員だ。

「そうなんだよ。みぞれ先輩の補佐をすることになっちゃって」

「久美子とみぞれ先輩って仲いいし、ちょうどええやん」

「何もちょうどよくないよ」

あー、と久美子は机の表面に額を押しつけた。頭上から緑輝の励ますような声が聞こえる。

「定期演奏会係ってめっちゃ大変みたいやね。緑《みどり》、久美子ちゃんのこといっぱい応援するから！」

「あぁ、ありがとう」

顔を上げた久美子の視界に、不思議そうに首をひねる葉月の顔が映り込んだ。

「定期演奏会って、実際どういうことやんの？」

その問いに、緑輝が意気揚々と答える。

「定期演奏会っていうのは、吹奏楽部員にとっては超メインイベント！　自分たちが好きな曲を選んで、自分たちで演出とか決められる、自分たちお手製の演奏会って感じかなあ。北宇治高校の場合は、一年に一回、太陽公園《たいようこうえん》の近くにあるホールを借りて、無料でお客さんを呼んでやるんやけど、学校によっては何回も演奏会をやるとことか、有料のとことかもあるよ。緑が行ってた中学も、定期演奏会は年に三回やったし」

「三回もやってたの？　すごいね」

思わず目をみはった久美子に、緑輝が誇らしげに胸を張った。久美子の中学でも定期演奏会は行われていたが、北宇治高校と同じく年に一回だけだった。葉月が感心したようにうなずく。

「なるほど。自分らで準備とかするから、いろいろ大変ってことなんやなあ」

「そういうこと。曲決めもあるし、二人ともなんの曲やりたいか考えててね」

そう告げた久美子に、緑輝が勢いよく首を縦に振る。その横で、考え込むように葉月が眉間に皺《しわ》を寄せた。

「やりたい曲かあ。うち、あんま詳しくないからなあ」

「なんでもいいよ。葉月が好きな曲で」

「うーん。なんでもいいって言われると余計に悩む」

そう言って、葉月は腕を組んだ。自分の好きな曲。やりたい曲。これまでの演奏会を振り返り、久美子は頬杖《ほおづえ》をついて考える。今年の定期演奏会は、どんなふうにするのがいいのだろう。

「あ、久美子ちゃん。みぞれ先輩が来てはんで」

くい、と緑輝に袖を引っ張られ、久美子は慌てて立ち上がった。廊下からこちらをのぞき込むみぞれは、茶色を帯びた巨大な封筒を抱えていた。

「どうしたんですか？」

首をひねる久美子に、みぞれは無表情のまま口を開いた。

「鑑賞会、しよ」


みぞれからの提案に従い、二人は第二視聴覚室へ向かった。誰もいない教室で、久美子は真ん中の席に腰かける。するとみぞれも当然の顔をしてその隣の席に座った。

「これ、カタログ」

封筒からみぞれが取り出したのは、さまざまな会社の楽譜カタログだった。家のプリンターで印刷したのか、その印字は微《かす》かに薄れている。

「先輩はやりたい曲とかありました？」

「まだ、決めてない」

「こんだけあったらいろいろと悩みますよね」

久美子は手のなかのカタログを一瞥《いちべつ》する。演奏会で使用する楽譜は、手元にあった場合は全部員分を印刷して各パートに配布する。手元にない場合は、こうして出版社から楽譜を購入することになる。ポップスでもクラシックでも、アレンジされた曲は編曲によって曲の仕上がりが大きく変わるので、どの出版社のどの楽譜にするかは慎重に選ぶ必要がある。

「これ、楽器室にあったデータ。去年までの定期演奏会」

そう言いながら、みぞれが映像データを再生する。北宇治高校では演奏会の様子を保護者が撮影するのが慣例となっており、そのおかげで定期演奏会に関する多くのデータが残されていた。

「あ、あすか先輩だ」

液晶画面に、すらりとしたあすかのシルエットが映し出される。Tシャツにスカートというシンプルな装いは、演奏会用のそろいの衣装だった。黒いTシャツの胸元には、ト音記号とともに『北宇治高校吹奏楽部』と虹色の文字で印刷されている。

「皆さんこんにちは。北宇治高校吹奏楽部へようこそ！」

マイク越しにハキハキと話すあすかの姿は、久美子の記憶のなかのものとほとんど変わりなかった。田中《たなか》あすか。低音パートの、元パートリーダー。三年生である彼女は、いまごろ受験勉強で大忙しだろう。

演奏会はあすかのMCで進行していった。初めから終わりまで、かかった時間はだいたい二時間ほど。三部構成で、何度か衣装替えもやっている。映像が完全に終わったのを確認し、久美子は思わずため息をついた。

「このタイムスケジュールを私たちが組むんですか」

震え上がる久美子を一瞥し、みぞれはこくりとうなずく。

「うん、そう」

「できますかね」

「多分、大丈夫。ほかの子も手伝ってくれるから」

淡々と告げられる言葉に、久美子はますます不安を募らせた。演奏に関してならば、みぞれは文句なしに頼りがいのある先輩なのだけれど、そのほかの点に関しては少々抜けているところがある。これは補佐である自分がしっかりしないと、と久美子はひそかに気を引き締めた。

「まずはアンケートですかね。希望楽曲の」

「それはもう、準備してある」

「え、そうなんですか？」

「うん」

はい、と手渡されたのは、印刷されたアンケート用紙だった。名前とパートを記入する欄の下に、希望の曲や希望の演出を書くスペースが設けられている。

「これ、配りたい」

「じゃあ、次の合奏前のミーティングで配りましょう。滝《たき》先生に許可もらっておきます」

久美子の言葉に、みぞれがコクリとうなずく。定期演奏会が行われるのは二月だ。早めに動いておかないと、あっという間に時間はなくなってしまうだろう。カタログに並ぶ大量の曲名を見下ろし、久美子は大きく息を吐き出す。傍らにいたみぞれが、心配そうに目を細めた。


アンケートはそれから二日後の、休日練習で配られることになった。久美子とみぞれが前に立ち、部員たちに用紙を配布する。

「明日のミーティングで用紙を回収しますので、それまでに記入してきてください。何かやりたいこととか、思いつきでもいいので書いてもらえると助かります」

「……ます」

久美子の言葉に追随するように、みぞれが語尾を絞り出している。どうやら人前で話すことが苦手らしく、彼女の視線はずっと自身の足元に固定されていた。周囲の部員たちは互いに自分のやりたい曲の話をして盛り上がっている。これまで多くの曲を演奏会で披露してきたぶん、候補に挙がる曲も多いのだろう。

「先生は何か希望はありますか？」

横に立つ滝の顔を見上げると、彼はその瞳を柔和に細めた。

「そうですね」

思案するようにつぶやき、滝はにこやかな表情で部員たちへ告げる。

「定期演奏会は自由度の高いイベントですから、できるだけ皆さんの希望に沿いたいと考えています。ただ、この演奏会は三年生が引退してから行われる最初のイベントです。これからの新体制でどうやって活動していくかを考えていくにも、重要なイベントになりますね」

穏やかな声音に潜んだ圧《あつ》に、久美子はごくりと唾を飲み込んだ。

「定期演奏会はやはり特別です。ほかの演奏会のときとは違い、定期演奏会のお客さんたちは北宇治高校の演奏だけを目的にホールまで足を運んでくださいます。そうした方々の期待を裏切らないように、全力を尽くしましょう」

「はい！」

室内に返事の声が響くなか、久美子はアンケート用紙の端っこを握り締めた。去年まで北宇治高校は弱小校だった。しかし、今年は違う。北宇治高校は下馬評を覆し、全国大会に出場した。演奏を聞きに来る観客だって、去年と同じ演奏では満足しないだろう。彼らが求めているのは、全国レベルの演奏だ。身内が多く集まるイベントだからといって、質の低いものを披露するわけにはいかないのだ。

「では、合奏を始めます。皆さん、準備をお願いします」

その言葉に、部員たちが動き出す。久美子は慌てて席に戻ると、金色のユーフォニアムを膝の上に置いた。

合奏を終え、帰り支度を済ませてパート練習の教室に戻ると、緑輝と葉月がアンケート用紙とにらめっこしていた。その手元をのぞき込むと、緑輝がぱっと表情を輝かせた。

「久美子ちゃん、これどう思う？」

鼻先に突きつけられた用紙に、久美子は目を瞬かせる。近すぎる紙を緑輝の手から受け取ると、そこには彼女の丸文字で曲名が書き込まれていた。

「『動物の謝肉祭』より「象」』、『山の音楽家』、『星の王子さま』……なるほど」

「どうどう？」

「なんというか、緑らしいね」

久美子の素直な感想に、緑輝は「ありがとう！」とうれしそうに笑っている。

「『山の音楽家』って楽器紹介の曲？」

「そうやで。みんながどういう楽器を吹いてるのか、小さい子とかにも知ってほしいなって思って」

嬉々《きき》として説明する緑輝の横で、葉月が首を傾げた。

「『星の王子さま』って、本の題名ちゃうん？」

彼女の問いに答えたのは、タイミングよく教室に戻ってきた長瀬梨子《ながせりこ》だった。

「その曲は、サン＝テグジュペリの本をもとに樽屋雅徳《たるやまさのり》が作曲した吹奏楽曲やね」

流暢《りゅうちょう》に告げられる説明に、久美子の脳裏にはちらりと引退したあすかの影がよぎった。いままでならば、こうした曲の説明はあすかの役目だった。あの情報過多な説明が、いまではずいぶん懐かしい。

「梨子先輩はどんな曲が希望なんですか？」

久美子の問いに、なぜか梨子は顔を赤らめた。

「あ、いや、普通の曲なんやけどね」

「緑、見たいです！」

その弾《はじ》けるような声音とともに、緑輝が梨子の手元をのぞき込んだ。その目が大きく見開かれる。

「ほうほう、『シンフォニア・ノビリッシマ』に、『恋のカーニバル』ですか！　緑も『恋のカーニバル』めっちゃ好きですすよ。明るい曲ですし！」

緑輝が強く同意すればするほど、梨子の顔が赤くなっていく。もしかすると、この曲に何か特別な思い出があるのかもしれない。

「……何騒いでるんだ？」

騒がしい室内に入ってきたのは、梨子の交際相手でもある後藤卓也《ごとうたくや》だった。寡黙だが頼りがいのある彼は、低音のパートリーダーでもある。葉月が勢いよく後藤のほうに顔を向けた。

「後藤先輩はなんの曲を書いたんですか？」

「べつに、普通やけど」

差し出された紙には、整った文字で二曲分の題名が並んでいた。緑輝が納得したようにその両手を打ち鳴らす。

「『チューバ吹きの休日』と、『アメリカン・グラフィティ』ですか！　どっちもめっちゃチューバが目立つ曲ですね！」

緑輝は当然のようにうなずいているが、久美子は前者の曲名を聞くのは初めてだった。あとでどんな曲かを確認しておかなければならない。

後藤の選曲を聞き、梨子が口元に手を添えて笑った。

「ほんま、こういうときにしかチューバがメインの曲を吹くチャンスはないもんね。普段は裏方ばっかりやけど、やっぱりたまには主役にもなりたいなって思っちゃうねん」

「わかります！　緑もコントラバスが目立つ曲をやりたいです！」

心底同意したのか、緑輝が何度も首を縦に振っている。その近くで、葉月が頭を抱えたままうなり声を上げた。

「あー！　わからん」

「どうしたの？」

　慌てて声をかける久美子に、葉月が大きくため息をついた。

「うち、みんなみたいに知ってる曲がないねんもん。みんなが何話してるかもようわからへんし」

「大丈夫だよ。私も知らない曲が多いから」

「そういう久美子はなんて書いたん？」

　手を伸ばし、葉月は久美子の手のなかからアンケート用紙を抜き取った。なんというか、希望の曲名を他人に知られるのは、自分の内面をのぞき込まれているようで気恥ずかしい。

「『ハンティンドン・セレブレーション』に、『ディスコ・キッド』」

　葉月によって読み上げられた曲名に、緑輝が素早く反応する。

「めっちゃいい！　緑、どっちの曲も好き！　なんていうか、鉄板って感じで」

「確かに。めっちゃ人気曲やね」

「……定番」

　梨子と卓也がうんうんとうなずいている。用紙を握り締めていた葉月が、バンと強く机を叩《たた》いた。

「カタカナ！　なんやカタカナって！」

文句を言うところがずれている気がする。まあまあとなだめる緑輝の後ろに回り、久美子は葉月のアンケート用紙をのぞき込んだ。

「おぉ、『交響組曲「ハリー・ポッター」』か。前に演奏会でやった曲だね」

「うちが知ってる曲はこれぐらいやもん」

「お客さんみんなが知ってる曲だし、いい選曲だと思うよ」

「ほんま？」

葉月が目を輝かせる。その唇が、何か言いたげにごにょごにょと動いた。

「あー、久美子。ここに書く曲って、なんでもいいん？」

「基本的にはなんでもいいよ。まあでも、演奏会で演奏する曲だから、できればみんなが聞いて楽しい曲がいいかな」

「そっかあ。じゃあ、あんまり簡単すぎる曲はやめたほうがいいかなあ」

「何かやりたい曲があるの？」

久美子はもう一度目を凝らしたが、葉月の手元にある紙には一曲しか題名が書かれていない。考え込むように腕を組んだ葉月は、そのままブンブンと首を横に振った。短く切りそろえられた髪の下からは、日に焼けたうなじが露わになっていた。

「いや、ないで」

葉月はそう言って、アンケート用紙をふたつに折り畳んだ。角と角を合わせて折り畳んだはずなのに、その端はわずかにずれていた。先輩二人と会話していた緑輝が、勢いよく両手を上げる。

「次の定期演奏会、緑、めっちゃ楽しみ！」

にぱっと破顔する後輩に、卓也と梨子は顔を見合わせて笑った。


廊下で待っていた麗奈《れいな》と合流し、そろって帰路につく。セーラー服の上にコートを着込み、久美子はその上からマフラーを巻いた。朝から冷え込むと天気予報が告げていただけあって、校舎の外に出た途端、氷のような空気が久美子の頬を突き刺した。白の耳当てをつけた麗奈が、はー、と自身の手のひらに息を吐きつけている。葉の上に積もる霜と同じくらい、その肌は真っ白だ。

「うう、寒い」

口元を覆うように桃色のマフラーを巻き直すが、それでも寒さはたいして変わらなかった。思わず漏れた久美子のつぶやきに、麗奈が呆《あき》れたように笑う。

「そんなに厳重に防寒してんのに？」

「麗奈は寒くないの？」

「寒いけど、我慢できひんほどではないかな」

駅の改札を抜けると、ようやく寒さも少しマシになった。駅に設置されたベンチに腰かけ、久美子は大きく息を吐き出す。

「ふう、疲れた」

こちらの顔をのぞき込み、麗奈が小さく首を傾げた。耳当てからこぼれる黒髪が、少しばかりの癖を伴ってその側面に広がっている。

「定期演奏会係、やっぱり大変？」

「うん。なんというか、決めることがいっぱいあるから」

「まずはなんの曲やるか決めんとね」

麗奈の言うとおり、プログラムの作成はすぐにでも取り組まなければならない課題だった。手元に楽譜がない曲は新しく注文しないといけないし、新曲用に練習時間を割く必要もある。

「麗奈はどんな曲がやりたい？」

「トランペットがカッコいい曲」

即答された台詞《せりふ》に、久美子は思わず噴き出した。笑い声に混じり、白い息が微かに漏れる。

「さすが麗奈」

「そう？」

「私もユーフォがカッコいい曲にすればよかったかな」

ずり落ちる靴下を、指の端で持ち上げる。スカートとソックスのあいだの皮膚は、外気にさらされてすっかり冷たくなっていた。指の腹で膝小僧をなでてみるが、感覚はほとんどない。

「あすか先輩やったら、ユーフォがメインの曲をいっぱい出してきてたかもな」

その様子を想像したのか、麗奈がフフと笑みをこぼす。確かに、去年の定期演奏会では低音がメインの曲も多かった。もしかすると、あすかの意見が選曲に影響を与えていたのかもしれない。いなくなった先輩に久美子が想いを馳せていると、麗奈が突然顔を上げた。

「あ、電車来たで」

ホームの奥を指差し、麗奈は立ち上がった。スピーカーから流れるアナウンスに、久美子も慌てて席を立った。


引き出しを開けると、小箱のなかにそのヘアピンが隠れている。白い花びらをモチーフにした、小ぶりなひまわり。イタリアンホワイトという種類の花をモチーフにして作られたそれは、花びらの一枚一枚まで精密な作りをしている。

鏡をのぞき込み、久美子は自身の前髪にそれを通そうとした。が、あの日のことを思い出してしまい、久美子の手は動きを止めた。

「あー！　秀一《しゅういち》のくせに！」

　布団に顔をうずめ、久美子はじたばたと両手両足を動かした。顔に集まった熱はそれでも引かず、久美子はそのまま布団をぎゅうぎゅうと抱き締めた。秀一と久美子が付き合い始めたのは、ほんの数日前のことだ。付き合うといっても、とくにその関係に変化はない。よくよく考えると、いままでも幼馴染《おさななじみ》として一緒にいることが多かったのだ。その関係性にほかの名前が与えられたところで、いまさら何をどうしていいのかわからない。そんな困惑を抱いたのは相手も同じだったらしく、いまのところ二人の関係に特段変わったところはなかった。

　ベッドの上に置いた携帯電話が短く通知の音を鳴らす。身を起こして画面をのぞき込むと、短い文章が届いていた。

『まだ？』

　そのひと言に、久美子は慌てて時計を確認した。約束の時間からすでに五分は過ぎている。久美子は制服の上からコートを羽織ると、慌てて玄関から飛び出した。

　マンションのロビーまで降りると、秀一が携帯電話をいじっている姿が見えた。身なりにあまり頓着するほうではない彼は、黒のトレーナーの上にもこもこのダウンジャケットを羽織っていた。弾む息を整えるように、久美子は大きく深呼吸する。

「ごめん、待たせた」

「いや、べつに待ってへんけど」

寒さに顔を赤くしながら、秀一はその眉尻をわずかに下げた。二人が一緒に行動する機会は、付き合い始めたあとのほうがぐっと減った。部内恋愛は揉《も》めることも多いため、学校にいるあいだは接触を極力減らすように決めたのだ。親に不審がられない程度の、短い時間の夜の散歩。久美子と秀一が二人だけで過ごすのは、この穏やかなひとときだけだった。

「どうなん、最近」

「どうって?」

「ほら、なんか忙しそうやん。定期演奏会の準備で」

「まあね」

橋を渡り、宇治上《うじがみ》神社を越えると大吉山《だいきちやま》の入山口が見えてくる。それをさらに道なりに進むと、閑静な住宅街のなかに潜むようにやや狭い公園が設置されている。その奥で、水のなかにたたずむようにして存在するガラス張りの建物、それが源氏《げんじ》物語ミュージアムだった。その名のとおり、なかでは源氏物語に関する展示を行っている。

久美子と秀一は公園のベンチにどちらともなく腰かけた。ここで話すのが、最近の定番コースだ。消灯されたミュージアムを一瞥し、久美子は静かに息を吐き出す。小学生のころは、涼むのを目的によくこの場所を訪れていた。幼い久美子にはその意味は理解できなかったけれど、お香の甘い香りだとか鮮やかな和柄《わがら》の布地などは記憶の端々に染みついていた。

「秀一はどういう曲がいいの？」

「定演？」

「そうそう」

うーん、と彼は考え込むように顎をこすった。眉根を寄せ、記憶を探るように、その瞳が左に揺れる。

「やっぱジャズがええな。それか、トロンボーンが活躍するヤツ」

「またそれか」

「何が『また』やねん」

「みんな自分の楽器が目立つ曲がいいって言うから」

疲れを含んだ久美子の言葉に、秀一はクックツと喉を鳴らした。

「そりゃそうやろ。誰だって自分の楽器が好きやねんから」

「わかってるけどさー」

足を伸ばし、久美子はそのまま大きく欠伸《あくび》をした。冬の寒さをもってしても、部活の疲労による眠気を追い払うことはできない。生理的に浮かんできた涙を拭っていると、秀一が馬鹿みたいな顔をしてこちらを見ていた。

「何」

「い、いや、なんでもない」

妙に慌てた口ぶりで、秀一は首を横に振った。そのまま話題を変えるように、彼は指を折りながら曲名を挙げていく。

「まあ、めっちゃやりたいのは『イン・ザ・ムード』かな、人気の曲やと『オーメンズ・オブ・ラヴ』とか。あと、『キャラバンの到着』とか『茶色の小瓶』もええな」

「それ、アンケートにちゃんと書いておいてよね。いま言われても忘れるから」

「もう書いたって。俺的には『イン・ザ・ムード』がいちばんやりたいかなあ。中学のとき吹いたヤツ。あれ、よかったよな」

「あぁ、懐かしいね。中学の定期演奏会」

ふふ、と久美子は目を細める。久美子の通っていた中学校では、吹奏楽部の定期演奏会は合唱コンクールと同じ日に行われた。各クラスの発表が終わったあとに演劇部の発表があり、その後の三十分間が吹奏楽部に与えられた時間だった。久美子たちが中学三年生のときはジャズをメインテーマとして選曲したため、サックスの部員がソロだらけになり、なかなかに大変そうだった。

「北宇治の定演、二時間もあるんやろ？　そしたらいろんなテーマの曲選べるし、おもしろいもんができそうやな」

無責任に笑う秀一に、久美子は大きくため息をつく。

「そんな簡単に言うけど、二時間のプログラムを組むって相当キツイからね」

「まあまあ、そこらへんは腕の見せどころやろ。楽しみにしてるわ」

そう言ってひらひらと手を振る秀一に、久美子は唇をとがらせた。藍色の闇をかき消すように、煌々《こうこう》と輝く蛍光灯の光が二人の姿を照らし出している。地面に伸びる影が辺りを覆い尽くし、青々しく茂る冬草の色をより濃いものにした。


アンケート用紙を回収した三日後の水曜日、二年生の学年会議が行われた。視聴覚室の机を向かい合わせに並べ、余計な机は端へと追いやる。そのいちばん正面にある黒板側の席に、なぜだか久美子も着席していた。うず高く積まれたアンケート用紙を指先でなで、みぞれが満足そうな顔でうなずく。その目が、託すように久美子を見た。

「……やろう」

「あ、はい」

久美子はうなずく。いま久美子の目の前にずらりと並んでいる顔ぶれは、すべて二年生のものだった。左側には部長である優子、副部長である夏紀が座り、その延長上に金管とパーカッションの部員たちが、そしてその反対側の右側には木管の部員たちが座っている。三年生がいなくなり、これからはこのメンバーが北宇治高校吹奏楽部を引っ張っていくことになる。去年までの三年生に比べてどこか頼りなく感じるのは、まだ役職についてからたいして日がたっていないからだろうか。

「で、では、定期演奏会のための二年生会議を始めます」

それをなぜ一年生の自分が告げているのか、久美子は疑問に思ったが、周囲の生徒はさほど気にしていないようだった。優子がキッとそのまなじりを吊《つ》り上げる。

「とりあえず、時間ないから早めに方針を決めていかなあかんと思う。どういうステージやりたいかで曲も変わるし。みぞれ的に、そういうプランはある？」

「まだ、決めてない」

「じゃあみんなの意見聞いてそれをまとめる感じになるかな。去年は確か、二時間で三部構成やったな。休憩時間と、あとは幕間《まくあい》も計算に入れとかなあかんね。ＭＣを誰にするかも重要やし、着替えのタイミングも考えへんとね」

つらつらと告げられる優子の言葉に、久美子は慌ててメモを取る。部長に指名されただけあり、優子はイニシアチブを取るのが上手い。ハキハキとした彼女の声は聞き取りやすく、議論を引っ張っていくのに向いていた。

「先輩たちはどういうコンセプトでやったらいいと思いますか？」

久美子の問いに、優子が思案するように腕を組む。

「やっぱ、お客さんが楽しめる曲がええと思う。定期演奏会って、子供から大人までいろいろな人が来るし、音楽を知らん人でもわかる曲を選ぶのがええと思うけど。Jポップとかあるといいんちゃう？」

優子が意見を述べているあいだに、優子が回答したアンケート用紙をみぞれがするりとこちらに差し出してくる。『ヤングマン』、『学園天国』。確かに、どちらも定番な曲で、ウケがよさそうだ。

「最初から皆が知ってる曲じゃなくても、聞いてるうちによさはわかってくれるやろ。うちは断然ジャズ！　カッコいい曲がいい」

そう優子に反論したのは、彼女の傍らにいた夏紀だった。またしてもみぞれが久美子の前にアンケート用紙を音もなく差し出してくる。『スウィングしなけりゃ意味がない』、『A列車で行こう』。並んだ二曲はどちらもジャズの有名曲だ。

「Jポップ！」

「ジャズ！」

二人が顔を突き合わせて言い争う光景は見慣れたものであったので、それを制止しようとする人間はいなかった。どうする？　何がいいかなあ、なんて間の抜けた会話が室内のあちこちで聞こえている。どうしたものかと悩んでいる久美子の手元に、みぞれがどんどんとアンケート用紙を並べ始めた。希美《のぞみ》は『アルメニアンダンス・パート1』に『カンタベリー・コラール』。麗奈は『トランペット吹きの休日』に、『フェスティヴァル・ヴァリエーション』。ほかの先輩のアンケートのなかには久美子が知らない曲名もいくつかあり、絞ろうと思ってもなかなか絞り切れそうにない。

「みぞれ先輩はどうしたいですか?」

そう尋ねると、それまで黙々と久美子の前に紙を置いていた彼女の手の動きが止まった。みぞれはいまだ口論を繰り広げている部長と副部長をじっと凝視し、それから小さく瞬《まばた》きした。

「……どっちも」

「え?」

「どっちも、やろ」

そう言うなり、みぞれは紙面にするすると文字を書き始めた。

「どっちのジャンルの曲も、構成に入れたらいい。あとは、知名度のある曲」

「知名度ですか」

「うん。吹奏楽に興味がない人も、知ってる曲。映画とか」

「映画音楽は確かにいいですね。アンケートでも人気でしたし」

手元にあるアンケートをめくり、久美子はうなずいた。うん、とみぞれも小さくうなずく。

「ほかにもアイデアとかありますか？」

「楽器紹介、とか。マイナーな楽器とか、みんなに知ってほしい」

「おお、確かに」

みぞれの手元をのぞき込み、久美子は大きく首を縦に振った。楽器の紹介というのはいいアイデアだ。曲に合わせて各パートを紹介していけば、知名度のない楽器もより多くの人に興味を持ってもらえるかもしれない。

「いいですね！　具体的なイメージがわいてきました」

そんな久美子の声が届いたのか、夏紀と優子が口論をやめてこちらを見る。優子はずいと身を乗り出すと、みぞれの書き込んだメモを見下ろした。

「おお、なんかええ感じやん。さすがみぞれ」

その隣にいる夏紀が呆れたように肩をすくめる。

「この会議、やる意味あった？」

「あったあった。もう、めっちゃ大アリ。みぞれはうちとコイツの意見を上手くまとめてくれたんやもんな？」

コイツ、と言うところで優子が嫌そうに人差し指を夏紀に向ける。それを気にする様子もなく、夏紀は久美子のほうを見やった。

「じゃ、次は曲選びやな。進行よろしく」

「あ、はい。そうですね。どうしましょう」

進行を促され、久美子は慌てて自身の目の前にあるアンケート用紙の束を手にした。やはり、こういう場合は二年生を優先すべきなのだろうか。紙端をぺらぺらとめくっていくと、部員の名前が現れては消えていく。ふとそこで、久美子は目の前の先輩の名前が紙のなかにないことに気がついた。

「みぞれ先輩、アンケート書きました？」

「いや、まだ」

無表情のまま首を横に振られ、久美子は思わず疑問を口にする。

「え、なんでですか？」

「希望とか、あんまりない」

「でも、せっかく定期演奏会係なのに、曲の希望がないのって寂しくないですか。先輩はどういう曲が好きなんです？」

正面から目を合わせると、みぞれは少し困ったように眉根を寄せた。室内に落ちる、数拍の間。伏せていた顔を上げ、みぞれが簡潔な答えを紡ぐ。

「……浦島《うらしま》太郎《たろう》」

「え？」

「だから、浦島太郎」

彼女が言う浦島太郎とは、まさか童謡のアレだろうか。首をひねる久美子に、みぞれが静かに補足した。

「童謡をもとにした、『日本おとぎ話ラプソディー』って曲。あれ、やりたい」

「あ、そういう曲があるんですね」

「うん」

てっきりオーボエが活躍する有名な曲を選ぶと思っていたから、久美子は少々拍子抜けした。よくよく考えるとオーボエは普段からソロが多い楽器のため、わざわざ自分が活躍する曲を選ぶ必要がないのかもしれない。

「ええやん、その曲も候補に入れよ。みんな知ってるし。ほら、ほかにも何吹くか決めていこ」

夏紀の声に、久美子は黒板に候補の曲名を書き出していく。大量のアイデアが出ているが、これをまとめあげるのはずいぶんと骨が折れそうだ。いったいどんな演奏会になるのやら。肩をすくめる久美子の傍らで、みぞれが満足そうにうなずいていた。

「あーあ、」

ため息に混じり、大きく欠伸が漏れる。教室の窓枠にもたれかかり、久美子は頬杖をついた。夕日はすでに山間《やまあい》に溶けており、少し開けられた窓の隙間から澄んだ冬の空気が室内へと飛び込んできた。

あれから学年会議は続き、議題は具体的にどのような曲を選ぶかに移った。テーマも決まり、話はスムーズに進みそうに思われたが、意外にも会議は難航した。手元にある議事録を読み返しているが、とくに実りのある内容だったとは言い難かった。

まず、曲の一覧を出し、そこから久美子とみぞれは多数決を取ることにした。得票の多い曲を順に上から並べて、それを演奏するのがいちばんいいかと思ったのだ。しかし、いざそうしてみると曲と曲の流れがちぐはぐだったり、バランスがおかしかったりと、課題は山積みだった。

「今日はお疲れ様」

かけられた声に振り返ると、梨子がその目元を和らげていた。冬服の上からであっても、柔らかなラインを描く彼女の身体の輪郭ははっきりと見て取れた。

「梨子先輩も、お疲れ様です。会議、なんかグダグダでしたね。私、あんまりうまくやれなかったです」

「大丈夫。二年生会議はいつもあんな感じやから」

それはそれで大丈夫なのか？　と、不安に思ったものの、久美子はその感情を言葉にはしなかった。

「曲、決まりそう？」

「いやあ、こればっかりはどうなるかわからないですね」

「みんな好き勝手言ってたけど、最後は二人に任せるから。何を選んでも大丈夫やと思うよ」

「そんなもんですかねえ」

　アンケート用紙を、久美子は何度もめくる。いったいどういう曲の選び方をすれば皆に納得してもらえるのだろうか。吹奏楽部員にとって、思い入れの強い舞台だ。不満の残るような曲の選び方はしたくない。

「梨子先輩はなんでこの曲にしたんです？」

　長瀬梨子。名前欄に書き込まれた文字は、丸みを帯びているが読みやすい。その下に書かれた曲名を、久美子は指先でなぞる。『シンフォニア・ノビリッシマ』に、『恋のカーニバル』。正直に言うと、久美子は後者の曲名を聞いたことがなかった。

「ふふ、好きな曲やから」

　梨子はそう言って、久美子の目の前の机に腰かけた。

「『恋のカーニバル』には、チューバのソロがあるの」

「そういえば、緑も言ってましたね。チューバが活躍する曲だって」

「一年生の演奏会のときにね、この曲を吹いたの。そのときに、卓也君がソロの練習してて。それで、カッコいいなって思ってん。チューバって、カッコいい楽器やなって」

「……それ、カッコよかったのって、チューバじゃなくて後藤先輩だったんじゃないですか？」

久美子が尋ねると、梨子は見る間に顔を赤くした。前髪に忙《せわ》しなく触れながら、梨子ははにかむような笑みを浮かべる。

「いまになってみると、そうかもしれへんね」

ストレートな惚気《のろけ》に、なぜだかこちらまで恥ずかしくなる。梨子と卓也が低音パートのベストカップルであることは間違いない。この二人には、これからもこのままでいてほしい。

「梨子先輩みたいに、みんなそれぞれ曲に思い入れがあるんでしょうね」

つぶやいた声に、梨子が柔らかに目を細めた。

「きっと、そうなんやろうね」

「だとしたら、やっぱり曲選びって責任重大ですね」

ますます悩むなあ、と思わず弱音を吐いた後輩に、先輩はくすりと笑い声を上げた。

翌週の休日練習では、滝の手から三曲の譜面が配布された。

「来年の三月に、立華《りっか》高校吹奏楽部の皆さんと合同演奏会を行うことになりました。場所はドリームパークです。春休みのタイミングでイルミネーション展示を行うようなのですが、そのオープニングイベントの依頼です」

　ドリームパークは、地元で昔から愛されている遊園地だ。多くの人々が足を運ぶ。アトラクションのほかにも、夏はプール、冬はアイススケート場が設置され、イルミネーションが行われるのは公園エリア。園内はいくつかのエリアに分かれているのだが、イルミネーションが行われるのは公園エリアだ。ドリームパークのイルミネーションは毎年人気があるが、今年はリニューアルするということでイベントにも力が入っているらしい。

「本格的な合同練習はまだ先になりますが、それまでに譜面どおりに吹けるようにしておいてください。大規模なイベントなので、今年卒業する生徒にも声をかける予定です。その心積もりでいるように」

「はい」

　返事をしながら、久美子は手元にある譜面を眺めた。今年卒業する生徒ということは、あすかや香織《かおり》、小笠原《おがさわら》たちもイベントに参加する可能性があるということになる。三月のこのイベントは、日程的には卒業式のあとに行われる。国公立大学の合格発表はまだそのころには行われていないはずだが、先輩たちはこのイベントに参加するのだろうか。楽譜の上に書かれた題名を指でなぞり、久美子はその端に書かれた

Euphoniumという文字を一瞥した。

合同演奏で発表をともにする立華高校は、全国的に有名なマーチングの強豪校だ。そこに進学していった自身の友人の姿を脳裏に浮かべ、久美子はそっと目を細めた。佐々木梓《さ さ き あずさ》。トロンボーン担当の彼女は、吹奏楽推薦で立華高校に入学した。いまごろは彼女も演奏会の準備で大忙しだろうか。快活そうなポニーテールの後ろ姿を思い出し、久美子はその口角をわずかに持ち上げる。彼女と同じ本番に立てるのが、いまから楽しみで仕方なかった。


三月のイベントで行われる曲はすでに決まっているというのに、二月に行われる定期演奏会の曲はいまだ決定していない。ほかの部員がパート練習をしているあいだ、久美子とみぞれは二人で先日のアンケート用紙を片手に視聴覚室で頭を抱えていた。

「先輩、どうします？」

「……どうしよ、困る」

無表情のまま、みぞれがつぶやく。先日の会議で多数決を取った曲を、得票の多い順に黒板に書き出していく。

「なーんかこれ、バランス悪いですよね」

「悪いと思う」

「うーん。でも、勝手に曲を決めたらほかの人に怒られますかね。やっぱ、微妙でも多数決を取った以上は、ちゃんとそれに合わせて構成を組むべきなのかもしれないですね」

「でも、難しい曲が連続だと、疲れて吹けない。それに、やっぱり変」

「確かに、変ですよね」

うーん、と二人そろって首を傾げて悩んでいると、突如として教室の扉が勢いよく開かれた。

「たのもー！」

道場破りよろしく姿を現したのは、すでに引退したはずの田中あすかだった。呆気《あっけ》に取られ、久美子とみぞれはそろって口を半開きにしたまま目の前の先輩を凝視した。

「もう、騒がへんって約束やろ？」

あすかの後方でたしなめるようにそう告げているのは部長であった小笠原晴香《はるか》、そしてその背後でくすくすと可笑《おか》しそうに笑みをこぼしているのは、元トランペットリーダーの中世古《なかせこ》香織であった。当然のような顔をして室内に入ってきた三年生三人組に、我に返った久美子はみぞれのほうに視線を向けた。彼女は少し困ったように、無表情のまま小首を傾げた。

「せ、先輩たち、どうしたんですか？　いきなり」

久美子の問いに、あすかはチッチと人差し指を左右に振った。引退式からまだたいして日はたっていないというのに、芝居がかったその仕草がなんだか懐かしく感じる。

「いやね、可愛い後輩がえらい煮詰まってるって聞いて、先輩からのありがたーい助言を授けに来たの」

「そ、そうなんですか！」

受験勉強で忙しいあすかが、わざわざ自分たちのために学校に来てくれたなんて。感動している久美子に、小笠原が申し訳なさそうに告げる。

「あすかがいきなり『勉強に飽きたから息抜きに後輩で遊ぼうぜ』って言い出して。それで今日は来たの。ごめんな、忙しいときに口うるさい先輩が来ちゃって」

「ふふ、私は久しぶりに部活の様子が見られてうれしいけどね」

肩をすくめる小笠原の傍らで、指を組む香織がはにかむように微笑する。あすかが唇をとがらせた。

「もー、晴香ってばすぐネタばらししちゃうねんから」

そのまま彼女は近くにあった椅子を身近に引き寄せると、よっこらせというかけ声とともに座り込んだ。背もたれの上に肘をつき、あすかが黒板を指差す。

「これがいま決定してるプログラム？」

「あ、これはこの前の会議での多数決の結果を上から並べてるって感じです。これで行こうかと思ったんですけど、しっくりこなくて」

「人気順で曲並べただけやったら、そりゃむちゃくちゃになるやろ。しかも、去年やった曲と結構被《かぶ》ってるし」

「やっぱり、あんまり被らないほうがいいですか？」

「去年来てくれはったお客さんが飽きるような構成は避けるのが無難や思うわ。まあ、それを逆手にとって毎年恒例のモンにしていくってのもええやろうけど」

そう言いながら、あすかが机の上に置かれていたアンケート用紙の束を手に取る。ばらばらと彼女が紙をめくるたびに、赤フレームの眼鏡のレンズに紙の白が映り込んだ。

「いまさら言うことでもないかもしれんけど、みんながやりたいってものをただ詰め込んだだけじゃええもんはできひんで。他人の意見を聞くのも大事やけど、それは参考程度でいい。じゃないと、みんなの意見の上澄みだけをすくい取った、中途半端なものにしかならん」

あすかの顔がずいと久美子の鼻先に近づく。至近距離に見える整った顔立ちに、久美子はごくりと唾を飲んだ。

「二人はどんな本番にしたいの？　譲れへんって思うとこはどこ？」

「あ、えっと、あの、」

「そこをちゃんと考えへんと、いくら時間があっても足りひんと思う」

それまで真剣な面持ちだったあすかは、そこで不意に破顔した。艶のある赤い唇から小さく白い歯がのぞく。

「ま、難しく考えんでもいいよ。とにかく、曲を決める権限があるんやから、二人が好きなように曲を決めちゃえばええの。いざ決まったら、みんなちゃんとそれに従うからさ」

みぞれがこくりとうなずく。それを視界の端で捉えながら、久美子は先ほどのあすかの台詞を脳内で反芻《はんすう》する。好きなように。それは、久美子もみぞれも苦手としていることだった。

後輩の表情が強張《こわば》っていることに気づいたのか、小笠原が茶化すように言う。

「そんな心配せんでも、去年も結構ノリで決めたとこあるし。確か、低音メインの曲が多かったよな。誰かさんのせいで」

「誰かさんって誰やろな。心当たりないわ」

白々しく首をひねるあすかに、香織が口元に手を当てて笑った。アンケート用紙の内容を確認していたあすかは、そこで何かをひらめいたように勢いよく顔を上げた。

「せっかくやし、うちらもなんか曲書いたげる」

「え、いや、べつに大丈夫ですけど」

とっさに否定の言葉が口を衝いて出たが、あすかが気にした様子はない。

「いいからいいから。遠慮せんでええって」

久美子の言葉を強引に押し切り、あすかは香織と小笠原に一枚ずつアンケート用紙を手渡した。小笠原が苦笑する。

「うちらも書くん？」

「せっかく来てんから、後輩にこういう曲がええぞって勧めてあげたほうがええやろ」

「ありがた迷惑ちゃう？」

「そんなことないって。な、久美子ちゃん？」

そう言って、あすかは悪戯《いたずら》っぽく口端を持ち上げる。先輩の問いかけを否定できるはずもなく、久美子は殊勝にうなずいた。

「何がいいかなあ、悩んじゃうなあ」

ペンを唇に軽く当て、じっと考え込む香織とは対照的に、あすかの右手が握るペン先は先ほどから忙しなく用紙の上を滑っている。その勢いに気圧《けお》されつつも、久美子は口を開いた。

「先輩はどういう曲がいいと思います？」

「そやね、やっぱりうちはカッコいい曲がええと思う。ホルストの『吹奏楽のための第二組曲』とか、めっちゃええよね。なんてったって、あれにはユーフォのソロもあるし。あとはロバート・W・スミスの『海の男達の歌』。パーカッションが活躍する曲やけど、どういう場面かが聞いててすぐ思い浮かぶから、みんな聞いてて楽しいと思うわ。それから『ノアの方舟《はこぶね》』。樽屋雅徳のとアッペルモントの、どっちも有名やし、どっちもユーフォが活躍してんな。ノアの方舟を題材にした曲やけど、聞きごたえあって初めて聞くお客さんにもウケるんちゃうかな。あとは『高貴なる葡萄酒《ぶどうしゅ》を讃《たた》えて』なんかも聞いたらテンション上がる、とくに五楽章の『フンダドーレそしてシャンペンをもう一本』とかマジカッコいい。誰かアンサンブルでやってくれたらええのに。それと——」

「先輩、もういいです。お腹いっぱいです」

さらにまくし立てようとしたあすかの台詞を強引に打ち切り、久美子はその手元にあった紙をなかばむしるように奪い取る。先ほどからみぞれの手元からシャーシャーとシャープペンシルが紙面を滑る音がするが、いったい何をメモしているのだろうか。

あすかはすねたように「ぶー」と唇を震わせたが、すぐさま隣でアンケートの記入をしていた晴香の手元をのぞき込んだ。

「『メイクハーマイン』に、『ディープ・パープル・メドレー』かー。晴香ってば、バリサクが目立つ曲ばっかやな」

「あはは。気づいたらそうなっちゃった」

あすかの指摘に、小笠原が照れたように頭をかいた。そういえば、と久美子はいまだペンを動かしている香織のほうに顔を向ける。

「三年生の先輩って、定期演奏会はどうするんですか？」

「そうやねえ。だいたいの部員はボランティアとして受付とか進行の手伝いをするって感じかなぁ。ただ、国公立を受ける生徒はちょうど受験シーズンやから、ほとんど手伝いには来れへんやろね」

「じゃあ、あすか先輩も定演には来れない感じですか」

久美子がそう尋ねると、あすかは大げさな動きで肩をすくめた。

「そうやねぇ。ま、さすがにその時期に部活に来ることはないやろな。少なくとも合格発表が終わるまでは楽器に触るつもりはないし」

「そうなんですか」

合格発表ということは、三月に行われる合同演奏会にもあすかが参加することはなさそうだ。肩を落とした久美子を、小笠原が苦笑混じりに慰める。

「あすかにはとうてい及ばんけど、うちも香織も当日はボランティアとして会場に行くから」

「ありがとうございます、部長」

そういつものように礼を言い、久美子は慌てて自身の口元を手で押さえた。

「あ、いつもの癖で部長って言っちゃいました」

「ふふ、うちはもう元部長やなあ。そういえば、新部長はちゃんとやってる？」

小笠原の問いかけに、久美子よりも先にみぞれが反応した。彼女はスカートの裾を握り締めたまま、唇だけを動かした。

「優子は頑張ってます。すごく」

そう言い切る彼女の声は、か細いながらもどこか力強さを感じさせるものだった。隣にいた香織が驚いたように目をみはる。

「みぞれちゃんがそう言うなら間違いないね。よかった、安心した」

「……はい。安心して、大丈夫です」

顔の筋肉を一切動かさないまま、みぞれはこくりとうなずいた。笑みをこぼす香織の背後から、音もなくあすかがその手元をのぞき込む。眼鏡のフレームを持ち上げ、あすかは感心したように息を漏らした。

「ほう、『私のお気に入り』か」

「あ、ちょっとあすか、勝手に見ちゃダメ」

アンケート用紙をのぞかれたのが恥ずかしかったのか、香織の頬に朱が混じった。むくれたように頬を膨らませた香織の頭を、あすかが笑いながらなでている。その眼《まな》差《ざ》しの柔らかさになんとなくドキリとして、久美子はとっさに視線を逸《そ》らした。なんというか、見てはいけないものを見たような気がした。

「あの、『私のお気に入り』ってなんの曲ですか？」

話題を逸らすようにそう問うと、あすかの目がきらりと輝いた。あ、まずい。そう気づいたころには、時すでに遅し。嬉々とした様子で、あすかが口を開いた。

「『私のお気に入り』、原題やと『My Favorite Things』。ミュージカルの『サウンド・オブ・ミュージック』の一曲やね。ジャズの有名曲としても知られてて、いろんなアレンジがされてる。京都に住んでるとあんま見る機会ないけど、『そうだ 京都、行こう。』ってCM、見たことない？　あのJR東海の観光キャンペーンのCMソングとしても採用されてるから、みんな曲名は知らんくても絶対一度は聞いたことがあると思う。それと——」

「先輩！　もう大丈夫です！　わかりましたから！」

さらに続けようとしたあすかの台詞を、久美子は強引に遮った。あすかは物足りなさそうにしていたが、それでもしぶしぶ説明を中断した。傍らでノートに何やら書き込みをしていたみぞれも、どこか不満そうにこちらを見ている。

あすかがわざとらしくしくしなを作る。

「もー、もうちょっと聞いてくれてもええのに」

「だって、先輩の話ってめっちゃ長いんですもん」

「そりゃ久美子ちゃんの忍耐が足りひんのよ」

「忍耐ですか」

「そう、忍耐」

平然とうなずき、それからあすかは再びアンケート用紙をめくり始めた。お目当ての人物を探しているのか、彼女は口端を舌で舐《な》めると、にこりとその目元を弧にゆがめた。

「お、後藤はチューバが目立つ曲ばっかやな。梨子ちゃんはまた例の曲か。去年も希望してたなあ。緑ちゃんはえらいファンシーって感じ。夏紀は相変わらずジャズで責めるなあ。久美子ちゃんは……なんか久美子ちゃんらしいな」

「はあ。らしい、ですか」

なんとも曖昧な表現だ。不服な気持ちを表明しようとする久美子をよそに、紙をめくっていたあすかの手が不意に止まる。

「葉月ちゃんはハリー・ポッターか。映画音楽に外れなしって言うし、結構いいチョイスなんちゃう？　――ん？」

何かに気づいたのか、あすかは葉月の紙だけを束から抜き出すと、蛍光灯の光に透かすようにさらした。小笠原が呆れた様子でため息をつく。

「あぶり出しとちゃうねんから、そんなんで文字が増えたりしいひんやろ」

「いや、増える増える。ここに消し跡あるで」

興奮した様子であすかが紙の表面を鉛筆で薄く塗り潰していく。葉月の筆圧が強いせいか、紙の上に残った凹凸からその文字は静かに浮かび上がった。

「『きらきら星』って書いてあるな。葉月ちゃんってば、えらい可愛い曲が好きなんやね」

弾むようなあすかの声が、久美子の脳内を刺激する。

──そっかあ。じゃあ、あんまり簡単すぎる曲はやめたほうがいいかなあ。

何か言いたげなあの日の葉月の横顔が、不意に久美子の脳裏に蘇《よみがえ》った。もしかすると、葉月が本当にやりたい曲はこれだったのかもしれない。却下されることが目に見えていたから、こうして消しゴムで消してしまったのだろう。

「そういえば、葉月の初めて吹いた曲って、『きらきら星』だったんです。だから多分、葉月にとってはすっごく思い入れがある曲なんじゃないかなって思います」

──おおー、みんなで吹くのってめっちゃ楽しいね。

短い譜面を吹き終わったあと、葉月は興奮混じりにそう告げた。初心者である彼女が初めて他人と合わせて吹いた曲。そう考えれば、葉月がこの曲を希望するのも当然のことなのかもしれなかった。

小笠原が考え込むように腕を組んだ。その眉間にぎゅっと皺が寄る。

「うーん、そうは言っても『きらきら星』はさすがになあ」

「ですよね」

いま北宇治高校で配布されている『きらきら星』の楽譜は、基礎練習用のものだった。楽譜も短く、初心者でも簡単に吹けるようになっている。演奏会で発表するにはあまり向いているとは言えない。

「あ、いいこと思いついた」

沈む空気を割いたのは、そんな香織のひと声だった。両手を重ね、彼女はあすかのほうを見て口を開く。

「きらきら星を題材にした曲を使うっていうのはどう?」

その提案に、あすかがパチンと指を鳴らした。

「ナイスアイディーア！　それイイやん」

「確かに、『きらきら星』そのものを吹く必要はないもんな」

小笠原が納得したようにうなずいている。久美子はちらりとみぞれのほうを見た。なんの感情も示さない濡れ羽色の瞳が、間の抜けた久美子の顔を映し出していた。

「でも、そんな曲ありますか?」

久美子の問いに、あすかは唇の片端を吊り上げた。

「まあ、いろいろあるけど、天野正道《あまのまさみち》の『キラキラ星変奏曲』とかは文字どおり『きらきら星』って名前が入ってるな。きらきら星の旋律がこれでもかってぐらい登場する曲やねんけど、前半は静かでめっちゃ綺麗《きれい》な曲。後半は盛り上がるねんけど、そこがめっちゃカッコええねんなあ。あと、きらきら星って名前はついてないけど、小長谷宗一《こながやそういち》の『スター・パズル・マーチ』って曲も有名やなあ。この曲は一九九三年の全日本吹奏楽コンクールの課題曲やってんけど、『きらきら星』の変奏曲として構成されてる。星を題材にした曲で、かなりいろんなところから星をテーマにした曲を引っ張ってきてるな。たとえば、低音に『星に願いを』の旋律が現れたり、組曲『惑星』の『火星』のリズムとか、『スター・ウォーズ』の音楽の一部、『ムーン・リバー』の旋律も出てくる。さらに！　刑事が犯人を『ホシ』って呼ぶことにかけて、山下毅雄《やましたたけお》の『七人の刑事』の断片が使用されたりもしてる。まあなんというか、いろんなフレーズが次から次に出てくるから聞いてて楽しいし、吹いたら盛り上がること間違いなし！　って感じ」

あすかの口からすごい勢いでまくし立てられる曲の解説を、みぞれが一文字も書き漏らさずにメモしている。その動きの素早さに、久美子《くみこ》は突っ込むことも忘れて見惚れてしまった。もしかすると、先ほどからみぞれがごそごそとノートに書き込んでいたのはこのためか。

「みぞれ先輩、さっきから何やってるんですか」

「……メモ」

「もしかしてあすか先輩の話、いちいちメモってるんですか？」

「うん」

「ひえーっ」

思わず悲鳴を上げる久美子に、あすかが不服そうに片頬を膨らませる。

「なんやその反応は。久美子ちゃんは失敬やなあ。先輩のありがたーい言葉をみぞれちゃんはちゃーんとメモってくれてるのね。よしよし、いい子いい子」

飼い犬を褒めるかのごとく、あすかがみぞれの頭をなでている。他者にあまり関心がないみぞれもあすかに褒められることはうれしかったのか、どこか満足げな顔でじっとその場に静止していた。それを眺める香織の眼差しは普段よりもどこか剣呑《けんのん》であるような気もしたが、久美子はそれを気のせいと判断することにした。この二人の関係性を探り始めると、なんだか危ない一線を越えてしまう気がする。

「あすかの話はえらい長かったけど、うちもその二曲はいいと思う。もし二人が実際に曲を聞いてみて気に入ったんやったら、プログラムに入れてみたら？」

そう言ってにこやかに笑う小笠原に、久美子は少しほっとする。よかった、普通の人もいた。

「そうですね。実際に聞いてから決めてみます」

「うん、それがいいと思う」

小笠原はゆっくりとうなずくと、それからちらりとあすかのほうを一瞥した。当の本人たちはいまだじゃれついてどうでもいい会話をしている。小笠原は少し気恥ずかしそうに人差し指同士を突き合わせていたが、やがて意を決したように顔を上げた。

「あのさ、」

「あ、はい」

「さっきあすかも言ってたけど、曲を選ぶときにあんまり他人の意見を気にしいひんほうがいいと思う。他人を気にしてばっかりやと、ほんまの自分はどうしたいかが見えんようになっちゃうから」

「……先輩も、そうでした？」

「まあね」

肩をすくめる小笠原の口端には、苦々しい笑みがにじんでいた。でも、と彼女は久美子の目をまっすぐに見つめる。かつては弱々しい感情しか表さなかったその両目も、いまでは自己に対する強い肯定感を示していた。

「でも、いまは違うから」

はっきりと言い切られた台詞に、久美子はとっさにあすかのほうを見た。こちらの会話など耳に入っていないのか、あるいは聞こえていないフリをしているだけなのか。有能な元副部長はいつもの調子で香織をからかって遊んでいる。

「大変なことも多いやろうけど、頑張ってな」

そう告げる小笠原の声には、彼女が部長であったころの名残が色濃く残っている。はい。そう短くうなずいた久美子の喉は、少しだけ熱を含んでいた。


一年生の教室にみぞれが姿を現したのは、その翌日のことだった。昼休みに昼食をとっていた生徒たちは、突然の二年生の登場に好奇の視線を送った。

「久美子、みぞれ先輩来てはんで」

葉月が久美子の腕を指先でつつく。顔を上げると、みぞれがこちらに小さく手招きをしていた。箸を動かす手を止め、久美子は慌てて腰を上げる。なんの用なんかなあ？　という、緑輝のはしゃいだような声が背後で聞こえた。

「みぞれ先輩、どうしたんですか？」

「プログラム、作った」

「えっ、ほんとですか」

「うん、ほんと」

廊下の端にぽつんと置かれた『救助袋』と書かれた箱型の設備の上で、みぞれは数枚の紙を広げた。この箱のなかには避難時に使用する滑り台が入っているようなのだけれど、あいにく久美子はその実物を見たことがなかった。

「あすか先輩が、好きなようにって言ってたから。独断と偏見で、選んでみた」

「おお？　どんな感じにしたんですか？」

「こんな感じ」

みぞれがコツコツと指先で紙面を叩く。久美子はその指の動きを目で追った。

第一部
・スター・パズル・マーチ
・ハリウッド万歳
・交響組曲「ハリー・ポッター」
・ミッション・インポッシブル・メドレー
—休憩—

第二部
・三日月の舞
・イーストコーストの風景
・カンタベリー・コラール

—休憩—

幕間

・トランペット吹きの休日（学年別演奏　一年生）
・チューバ吹きの休日（学年別演奏　二年生）

第三部

・日本おとぎ話ラプソディー
・山の音楽家
・サウス・ランパート・ストリート・パレード
・ディスコ・キッド

アンコール

・スウィングしなけりゃ意味がない
・学園天国

「……どう？」

そう尋ねるみぞれの声音には、あからさまに不安の感情がにじんでいた。久美子はもう一度プログラムを見やる。並んだ曲名は、自分が知っているものばかりだった。

「いいと思います。なんというか、楽しそうですし」

「ほんと？」

安堵《あんど》したように、みぞれの唇から息が漏れる。よほど緊張していたのだろうか、その口元は微かに震えていた。

「どういう基準で決めたんです？」

「自分が吹きたいやつ、入れてみた」

「あぁ、浦島太郎をやりたいって言ってましたもんね。それにしても、一部は映画つながりの曲ですけど、この前のアンケートの結果から決めたんですか？　確か、三つとも票取ってましたよね」

「うん。『スター・パズル・マーチ』のなかにも映画音楽のフレーズが入ってる。一部は映画音楽。あと、希美が吹きたいって言ってたから」

「二部の『カンタベリー・コラール』は意外でした」

「それ、希美が希望してたから」

「……なるほど」

みぞれの判断基準を察して、久美子はただうなずいた。どういう選曲の基準であれ、みぞれが納得しているならばそれでいいのかもしれない。

「幕間は学年ごとに吹く曲を変えるんですね」

「うん」

「二曲とも、題名に休日がついてますけど」

「それはわざと。特定の楽器が目立つ曲にした」

「そういうことなんですね」

「そういうこと」

深くうなずき、みぞれはふつりとそこで押し黙った。黒髪の隙間からのぞく真っ白な耳は、ほんの少しとがっている。久美子はもう一度、ずらりと並んだ曲名を見る。正直に言うと、この曲目がいいのか悪いのか、久美子にはよくわからなかった。普段は指示された曲をそのまま吹いていただけだから、一度考え出すと構成やつながりなど、どうにも不安は尽きない。

「最後の曲、『ディスコ・キッド』なんですね」

「うん。吹きたいって、書いてたから」

「もしかして、私のアンケートを採用してくれたんですか？」

「そう」

みぞれが無表情のまま、コクリと首を縦に振る。

『ディスコ・キッド』は東海林《しょうじ》修《おさむ》作曲の吹奏楽曲で、一九七七年の全日本吹奏楽コンクールにおける課題曲だった。曲の序盤で、楽譜にはない「ディスコ！」というかけ声を入れた演奏が当時のコンクールで高く評価されたことから、現在行われる演奏ではこのかけ声を入れることが一般化している。ポップス調のこの曲は人気を博し、いまでは吹奏楽の定番曲となった。

「みぞれ先輩は、どういうテーマでこのプログラムにしたんです？」

譲れへんとこはどこ？　先日のあすかの問いかけが、久美子の耳元で蘇る。みぞれは広げた紙を一枚一枚重ねながら、静かに答えた。

「……楽しい、こと」

「楽しい？」

「そう。子供も大人も、聞きに来た人が、楽しいって思う。そういうのがいい」

彼女の口から出た言葉には、確かに芯が通っていた。わずかに綻んだ口元に、久美子もその相好を崩す。

「このプログラムだったらみんな聞いたことある曲ばかりだし、きっとどの人も楽しんでくれますよ」

「……なら、よかった」

恥ずかしそうに目を伏せ、彼女は紙をクリアファイルのなかへとしまった。うっすらと青色に光るファイルのなかで、整った文字たちがきちんと隊列を組んで並んでいる。その曲名をもう一度見つめ、久美子は首をひねった。

「ちなみになんですけど、アンコールの二曲を選んだ理由は？」

「あぁ。これは、優子と夏紀」

当然のように返された言葉は、久美子には少しばかり理解できなかった。さらに首をひねる久美子をからかうように、みぞれがわずかに目を細める。

「どっちの曲も、半分ずつ。喧嘩《けんか》しないでほしいから」

『学園天国』は優子の希望曲、そして『スウィングしなけりゃ意味がない』は夏紀の希望曲だ。会議の際にもみぞれは両方の意見を取り入れようとしたのだろう。

「これならきっと盛り上がりますね」

「だと、いいけど」

久美子の言葉に、みぞれは自信なげに唇を軽く噛《か》んだ。感情を感じさせないその瞳が、不安を隠すようにきょろりと動いた。

*

年末を経て、ついに新年がやってきた。こたつのなかで久美子がぬくぬくと温まっているあいだにもみぞれは黙々と定期演奏会の仕事を進めてくれており、手元になかった楽譜の注文などを行ってくれていた。親戚が少ないために心もとない額しか集まらなかったお年玉を貯金箱に突っ込み、久美子は今日もまたカレンダーに斜線を加える。短い休暇期間はあっという間に終わり、吹奏楽部の活動が再開されようとしていた。

「はい、これ」

新しい年が明けての初めての練習。いつものようにパート練習の教室で譜面をさらう面々の動きを止めさせ、久美子は一人一人に楽譜を配布した。

「スター・パズル・マーチィ？　何それ」

首を傾げる葉月に、緑輝がにこにことうれしそうに答える。

「昔の課題曲やった曲やで。きらきら星のメロディーみたいな、聞き覚えのあるフレーズがいっぱい出てくる曲やねん」

「おお！　きらきら星！」

葉月がぱっとその表情を輝かせる。予想どおりの反応に、思わず久美子は苦笑した。

「葉月、きらきら星やりたかったんでしょ？」

「えっ、なんでわかったん？」

「あすか先輩がアンケート用紙から解読してたよ」

「解読？　んん？」

不思議そうに首をひねる葉月の鼻先に、久美子はさらに楽譜を突きつける。緑輝がうれしそうに両手を上げた。

「『トランペット吹きの休日』！　わーい、楽しそう」

「学年ごとに吹くねんな。先輩たちは『チューバ吹きの休日』かあ」

「そうそう。もしかすると学年のなかでも少人数でアンサンブルにするかたちになるかもしれないけどね。ここらへんはあとで指示が出ると思う。あと、言っておくけど、一年生の曲のチューバは葉月だけだからね」

「ええ！」

久美子の台詞に、葉月はオーバーに身をのけ反らせた。その目が救いを求めるように、後藤と梨子のほうを向く。

「せ、先輩たちは一緒に吹かへんのですか？」

「……学年ごとやし」

「頑張ってな、葉月ちゃん」

ボソリとつぶやく卓也の横で、梨子が両手で拳を握っている。自身の手元にある楽譜を見下ろし、マジか、と葉月は肩を落とした。

楽譜の配布を終えると、各教室でそれぞれのパートが練習に励む音が聞こえてきた。久美子はみぞれとともにステージ構成係のもとへ向かい、その進行具合を確認する。

「演出どうする？」

「『山の音楽家』で歌いながら楽器紹介するってのは確定でしょ」

「『日本おとぎ話ラプソディー』もせっかくだから、なんかやりたいよね」

「あ、ええこと思いついた！　桃太郎とか浦島太郎とか出そうや」

「いいやん。コスプレさせてさ」

「ガード隊も出動させて、全面的にパフォーマンス色強めにしよう」

「盛り上がりそう。海のセットとか作るか」

「それ、ええやん」

「サウス・ランパートは？」

「あれはみんなで楽器吹きながら身体動かすしかないやろ」

矢継ぎ早に飛び交う会話に、久美子はやや面食らった。定期演奏会の手伝いは衣装や宣伝などさまざまな役職に分かれているが、一年生と二年生が混在するこのステージ構成係はほかの役職にも増して元気いっぱいだ。どの曲でどの演出をするかなどを決めるのがこの構成係の仕事だが、彼らは先ほどから曲の一覧を眺めつつ、去年までの演奏会の映像を繰り返し確認している。

「みぞれ、お疲れー」

二年生の先輩がひらひらと手を振った。それに会釈だけを返し、みぞれはあいていた席に座る。久美子も慌ててその隣に座った。こちらの存在などたいして気にもせず、部員たちはがやがやと話を続けている。

「ハリー・ポッターの最初、壁は青と紫のグラデーションでええよな?」

「ええやん、雰囲気にぴったり」

「着替えはどうする? どの衣装でいく?」

「一部はいつものTシャツ+制服スカートでしょ。で、二部でシャツとジャケットに蝶《ちょう》ネクタイつけて、三部で黒パン黒シャツちゃう? ほら、恒例のあの白ネクタイつけて。確か去年もそうやったよな」

「幕間のタイミングで着替えさせるとすると、幕間は何人で吹かす?」

「少人数じゃないとさすがに厳しいって。一年って確か三十人近くおるんやろ? 全員幕の前で並べてたらごちゃごちゃするやん」

「あー、じゃあ『チューバ吹きの休日』担当の子らは吹いたあと舞台出て、そのまま着替えって感じになるな?」

「『ディスコ・キッド』のときにハットかぶる? やっぱカッコよくしないと」

「確かに。カッコよく吹けへんのやったらあの曲やる意味ないしな」

テンポよく進められる会話の内容を、みぞれが無表情のまま書き記している。もしやこのまま書記の仕事に徹するつもりだろうか。そこで不意に、その黒目が上を向いた。視線を追うように、久美子も顔を上げる。テレビ画面には昨年の演奏の様子が映し出されていた。バリトンサックスを激しく吹き鳴らす少女は、もしかしなくても小笠原だった。

「……あ、」

みぞれの唇から漏れた声に、皆の視線が集中した。それを気にすることなく、みぞれはまっすぐにテレビ画面を指差した。

「あれ、やりたい」

「あれ？」

と首をひねったのは久美子だけではなかった。ホルンの二年生がみぞれのほうに顔を近づける。

「あれってどれのこと？」

「あれ。キラキラしたやつ」

久美子は画面を凝視する。スピーカーからわずかに流れているのは、『ディープ・パープル・メドレー』だ。舞台中央に立つ小笠原の白い頬に、鮮やかに色づけされた光の粒がぽつぽつと落ちている。カラフルに点滅を繰り返す光の発信源、それは舞台中央に吊り下げられた銀色の球体だった。

「もしかして、あれってミラーボールのことですか」

久美子の問いに、みぞれはこくりとうなずいた。その表情は、真剣そのものだった。

舞台の演出や衣装が決まっていき、演奏会の準備は着々と進んでいた。タイムスケジュールもようやくできあがり、本番のかたちも見えてきた。どのタイミングでMCを入れるか。椅子の運搬は誰にやらせるか。少人数の曲の人選をどうするか。この曲で、本当にいいのか。大量にわく懸念事項が久美子の脳内をぐるぐると渦巻いている。それでも、悩んでいる暇はない。美術部に依頼していたパンフレットの表紙の下描きに目を通し、久美子はふうと息を吐き出す。

「いまのところ、問題なしか」

ラフをファイルにしまい込み、久美子は教室の扉を開いた。チューバの低音に混じるコントラバスの跳ねるようなリズムが、開いた隙間から一斉に廊下に漏れ出す。

「葉月、ちょっといい？」

演奏中の葉月の肩を叩くと、彼女は驚いたように顔を上げた。

「どうしたん？」

「『トランペット吹きの休日』ね、七人でやることになったの。で、いまから練習したいんだけど、時間大丈夫？」

「うん、大丈夫やけど」

「じゃあ、音楽室集合ね。楽譜持とうか？」

「いや、平気」

慣れた手つきで葉月が楽器を持ち上げる。それを見ていた緑輝が不満そうに頬を膨らませた。

「えー、ずるい。緑もやりたい」

「ごめんね、緑は練習進めておいて」

「コントラバスはいっつも仲間外れなんやから」

すねている後輩を、梨子がなだめている。それまで黙々と曲の練習をしていた夏紀が、そこで不意に顔を上げた。

「葉月、」

「は、はい！」

振り返る葉月に、夏紀がニイと口端を吊り上げる。

「頑張っておいで」

そう言ってひらりと手を振る先輩に、葉月があいたほうの手で敬礼した。

「加藤《かとう》葉月、行ってきます！」

彼女の口から飛び出した威勢のいい声に、夏紀は満足そうに肩を揺らして笑った。

副部長になってからというもの、夏紀がこうして後輩に声をかける様子をよく見かけるようになった。部活への執着をあまり見せなかった彼女にも、この一年を通して大きな心境の変化があったのかもしれない。

音楽室には七人の一年生部員が集まっていた。トランペット三人、トロンボーン二人、ユーフォニアム一人、チューバ一人の合計七人の金管楽器担当部員だ。そのなかには麗奈と秀一の姿もある。

「七人そろったみたいやな」

久美子と葉月が入室するなり、機嫌よさげな麗奈の声が聞こえてきた。『トランペット吹きの休日』は麗奈の希望曲だ。採用されてうれしいのだろう。

「最初から合わせてみる？」

「うん、そうしよう。まずはメトロノーム使おうか」

そう言って麗奈が秀一を一瞥した途端、彼は慌てた様子で楽器室へと向かった。おそらくメトロノームを取りに行ったのだろう。

「秀一ってば、ホント麗奈に弱いね」

久美子の言葉に、麗奈が愉快げに唇を三日月型にゆがめる。

「ま、塚本《つかもと》はアタシに頭が上がらんやろうから」

鼻を鳴らし、麗奈はそう平然と言い切った。その理由を久美子が尋ねる前に、息を切らした秀一が音楽室に戻ってくる。

「ほら、これ」

「おお、ありがとう」

差し出されたメトロノームを受け取り、まずは譜面に書かれたとおりのテンポに設定する。錘《おもり》によって左右に揺れる銀色の振り子が、カチカチと無機質な音を立てる。

「一、二、三、」
四、というカウントのところで久美子は息を吸い込んだ。テンポに合わせ、軽やかな音の塊がそれぞれのベルから飛び出す。
『トランペット吹きの休日』、または『ラッパ吹きの休日』とも呼ばれているこの曲は、ルロイ・アンダーソンにより一九五四年に作曲された。休日という題名ではあるが、主役の三本のトランペットは細かなパッセージを休みなく吹かなければならないため、トランペット奏者にとってはハードな楽曲となっている。久美子の中学時代には部員同士で「トランペット吹きの運動会」などと揶揄《やゆ》していたものだった。

今回久美子に与えられたユーフォニアム用の譜面には、連符が何度も登場する。これじゃあユーフォの大運動会だ、と久美子はピストンを動かしながらげっそりと顔をゆがめる。あまりの連符の速さにときおり口がついていかない。

ぐったりとする久美子を尻目に、メロディーを担当するトランペットの面々はじつに気持ちよさそうだ。駆け足のようなテンポで展開する旋律は、トランペットが持つ魅力を前面に押し出している。広がる華やかな音色が、冬の冷えた空気を切り裂く。それをサポートする、そのほかの楽器たち。一定のリズムを刻み続ける葉月の顔は、酸素が足りないのか真っ赤だった。

「加藤さん、途中からテンポ遅れてたで」

一曲を吹き終えたあと、麗奈が無表情のままで言った。

「ご、ごめんなさい」

「べつに謝らなくてもいいよ。ちゃんと吹けるようになってさえくれれば、それで。パーカッションも指揮者もいいひん状態で本番は吹くから、加藤さんの音だけがこの曲の基盤やで。しっかりしてもらわんと困るわ」

「う、うん。ごめん。次は頑張る」

しゅんと肩を落とす葉月に、久美子はオロオロと二人の顔を交互に見やった。さすがに言いすぎじゃない？　そう久美子が口を挟もうとする前に、麗奈がこちらに向き直った。

「七人しか吹かないってことは、個々の音が客席にストレートに伝わっちゃうってことやで。一人一人がきちんと仕事を果たさないと、完成度の高い曲にはならへん。久美子だってそう思うやろ？」

「あ、うん。それはそうだと思うけど」

「だったら、できてないことはできてないって、ちゃんと伝えるほうがいいとアタシは思う。ユーフォも、連符の指回ってなかったし」

「ハイ。スイマセン」

自分のミスを指摘され、久美子はすぐさま萎縮した。視界の端で秀一が笑いを噛み殺しているのが見える。他人事だと思って笑うとは、ひどいやつだ。麗奈はうっとうしそうに自身の髪を耳にかけると、再び顔を上げた。

「もう一回合わせよう。頭から」

その声に、部員たちが楽器を構える。この日、練習時間が終わるまで、旋律が途切れることはほとんどなかった。


一月も半ばを過ぎ、部員たちの横顔には焦りの色が見え始めた。とくに定期演奏会の仕事を受け持っている生徒は大変だ。そのまとめ役であるみぞれと補佐の久美子も、ほかの部員からの要請を受けてバタバタと校舎内を駆け回る羽目になっていた。活気のある一年生、二年生の教室に比べ、三年生の教室には異様な空気が渦巻いている。国立大学に向けた受験が本格的にスタートし、いまがいちばんピリピリする時期なのだろう。図書室の近くに設置された自習室は、連日三年生の姿であふれていた。

廊下を抜け、二人はホルンがパート練習をしている教室に向かう。その途中、突然死角から飛び出してきた鮮やかな水色に、思わず久美子は足を止めた。

「あれ、久美子やん！」

はしゃぐような声は、久美子にも聞き覚えがあった。

「え、梓？」

そう言うと、目の前の人物はニコリと笑ってうなずいた。佐々木梓。強豪校である立華高校に進学した、久美子の中学時代の友人だ。空色のブレザーに黒のリボンタイ、濃い灰色のスカート。立華高校の制服は、北宇治高校ではずいぶんと浮いていた。

「あ、先輩もいはった」

そう言うなり、梓が勢いよく頭を下げる。

「こんにちは！」

威勢のいい挨拶に、傍らにいたみぞれが動揺したように身じろぎした。きょろりと瞳を動かし、やがてみぞれも小さく頭を下げる。

「あの……こんにちは」

どうやらこの運動部のような挨拶は、立華高校では当たり前のものらしい。ひとつに縛った自身の髪をくるんと指先でなで、梓はきょろきょろと周囲を見回した。

「北宇治って初めて来たけど、こんなとこやねんな」

「うん。でも、なんか普通でしょう？」

「確かに、あんま変わってるとこはないな」

　悪びれることなく梓はうなずく。灰色のスカートからのぞくふくらはぎは、黒色の薄いタイツに包まれていた。どこかで引っかけて伝線したのか、太ももの側面から足首にかけてひと筋の線が引かれている。滑らかな曲線を描くその脚は、中学時代と比較してさらに引き締まっているように見えた。来客用のスリッパは、彼女には少し大きいようだった。

「梓はなんでここに？」

「うち？　今日は北宇治の幹部の人らと打ち合わせやねん。ほら、聞いてへん？　三月にイベントで合同演奏やるってやつ」

「あぁ、もう楽譜ももらってるよ」

「それの演出についての話をしてたとこやねん。うちさあ、うっかり学年代表になっちゃったから、こういう会議には同行させられんの。久美子は？」

「私は定期演奏会の準備中」

「そっか、もうそんな時期か。大変やな」

　白い歯を見せるように、梓がニカッと笑みを浮かべる。その視線が、不意に久美子の前髪に留まった。

「あれ、可愛いヘアピンしてるやん。ひまわり？」

「うぇっ、あ、うん」

あからさまに動揺する久美子に、なぜかみぞれまで身を強張らす。彼女の場合、単純に見知らぬ人間がいるせいで緊張しているだけだろうが。

梓は腕時計を一瞥すると、慌てたように両手を合わせた。

「あ、ごめん。そろそろ戻らんとあかんわ。それじゃあ、また合同練習で！」

そう言うなり梓はすぐさま踵《きびす》を返し、廊下を早歩きで進んでいった。揺れるポニーテールの長さは、前に会ったときよりも伸びているような気がした。


二月に入り、滝の合奏練習の指導も熱を帯びたものとなってきた。

「もっと周りの音を聞いて。最初の一音を出すときの処理に気を遣ってください。音と音が滑らかにつながっていくイメージです」

「はい！」

いま、滝が指導しているのは、ヤン・ヴァンデルローストが作曲した『カンタベリー・コラール』だ。指回しなどの超絶技巧があるわけではないが、おごそかなメロディーが静かにつながっていくため、各パートがきちんと与えられた役割を果たさないと音楽の持つ空気感が壊れてしまう。早いテンポの曲に比べて複雑な指使いなどが必要とされない代わりに、音色に関する繊細な技量が奏者に求められる。

「トランペット、音の入りに気をつけてください。もっと慎重に、周囲に音を溶かすようなイメージでお願いします」

「はい」

「それでは、先ほどの箇所をもう一度」

滝の指導はそれからも続き、明るかった外の景色も気づけば夕暮れ色をしている。二部で行う『三日月の舞』と『イーストコーストの風景』は、コンクールのときと同じ編曲だ。滝から課題曲の指導を受けていると、なんだか懐かしい気持ちになる。コンクールの全国大会はついこのあいだのことだったというのに、振り返ってみるとずいぶんと昔のことのような気がした。

曲の練習はそれから幕間の二曲へと移った。

「『トランペット吹きの休日』、吹くメンバーだけで」

「はい」

指示に合わせ、七人が楽器を構える。周囲のメンバーは目の前の楽譜をじっと見つめ、その場で待機したままだ。滝の手が動く。しなやかに揺れた指揮棒に、久美子は息を吸い込んだ。

トランペットの三人は麗奈にみっちりと指導されたのか、ぴったりと音がそろっている。華やかな主旋律をサポートするように、久美子は対旋律を吹き上げる。細やかな指使いが要される譜面は、木管楽器を連想させた。おそらくアンサンブルのために木管の譜面をユーフォに書き換えたのだろう。だからこんなにキツイ譜面になるんだ、と久美子は胸中で独りごちる。こういうことはユーフォニアム奏者にとってはあまり珍しいことでもない。

「チューバ、走ったり遅れたりしてますね。きちんと一定のテンポを保ってもらわないと」

「すみません」

「もう一回、チューバだけで」

「ハイ」

葉月がぐっと顔をしかめる。マウスピースに口をつけ、彼女は眉間に皺を寄せた。前髪を斜めに留めているため、その額は剝《む》き出しになっていた。窓から差し込むオレンジ色の光が、その横顔を淡くなぞっている。金色の巨大な朝顔型のベルには、隣に座る梨子のシルエットが細長く浮かび上がっていた。

ボッ、ボッ、と短く音の塊が落ちる。高い音と低い音が交互に現れ、一定のリズムを刻み続ける。しかし途中で裏打ちが入った途端、その音がぐちゃりともつれた。その理由はとても単純で、葉月の口が音の形を作るのに間に合っていないのだ。

滝がその場で演奏を止めさせる。マウスピースから口を離した葉月の肩は、わずかに上下に揺れていた。

「加藤さん、難しいですか？」

滝の視線が、まっすぐに葉月に注がれる。ごくり、と彼女の喉が緊張で上下した。

眉尻をわずかに下げ、滝は言葉を続ける。

「もしも難しければ、長瀬さんに交代してもらいましょうか」

「い、いえ！　私、大丈夫です！」

葉月の返答に、滝は一切表情を変えなかった。彼は手元の譜面を一瞥すると、静かな口調で告げた。

「そう言った以上、自分の言葉に責任は持てますね？」

「はい！」

応じる葉月の声はうわずっていた。指揮棒をひとなでし、滝はまっすぐに葉月の目を見た。

「それなら、次の合奏まではできるように。この曲は、あなたが要《かなめ》です」

「はいっ」

楽器を支える葉月の右手がぎゅっと硬く拳を握る。日に焼けた手の甲に浮かび上がる骨の形に、久美子は少しドキリとした。白い指揮棒が、コツコツと譜面台を叩く。

「次にいきます。『チューバ吹きの休日』」

その指示に反応したのは、二年生部員の四人だけだった。チューバ、ホルン、トロンボーン、トランペット。各楽器一人ずつの編成で、そのなかで卓也がメインの旋律を担う。

指揮棒に合わせ、ジャズ調のメロディーが流れ出した。チューバの刺激的な低音の合間を縫《ぬ》うように、控えめな音量でほかの楽器が柔らかな旋律を紡ぎ出す。先ほどの葉月のチューバの音と比較すると、その差は明らかだった。チューバはここまで音が出せるのか、と久美子は素直に感心した。普段は裏方ばかりのチューバだが、ひとたびスポットライトの下に立てばその魅力を遺憾なく発揮することができる。——カッコいい。そう思ってチラリと梨子のほうを見ると、彼女はうっとりとした顔で卓也に見惚れている。これは好きになるのも仕方ないな、と久美子は思った。


定期演奏会の日程も段々と近づいてきた。曲の完成度も上がってきたのだが、そのなかで気になるのは、ときおり緑輝の姿が見えない日があることだ。

「あれ、アンタ聞いてへんの？　あの子ならいまは立華高校にいんで」

「えぇっ、なんでですか」

もしかして転校の準備でもしているのだろうか。そういえば以前から彼女は立華高校が好きだと公言していた。ぐるぐるとネガティブな予測を積み上げる久美子を、夏紀が鼻で笑う。

「何を想像したんかは知らんけど、ガード担当の子らが立華に行ってるみたいよ。緑と、あとは木管の子が二人やな。合同練習に向けて、合わせて練習してるみたい」

「緑、ガードやるんですか？」

「そうみたいやで。立華と練習できるってえらい張り切ってたわ」

言われてみれば、三月にある立華との合同演奏会の日取りも迫っている。緑輝がその準備を始めていてもなんらおかしくはないだろう。

「定演明けにすぐ一回目の合同練習があるし、曲の練習もしとかんとな」

夏紀はそう言って、楽譜の入ったファイルをパラパラとめくった。並んだ三曲の楽譜は、合同演奏会で使うものだ。梓がまとっていた鮮やかな水色が、久美子の脳内を掠《かす》めていく。その途端、髪に隠れているはずのうなじにちくりとした痛みが走った。逆立つ産毛を押し潰すように、久美子は手のひらで自身の首筋を押さえ込んだ。

「葉月ちゃん、頑張って」

耳に入ってきた声に、久美子は夏紀の後方を見やる。教室の奥にあったのは、チューバを抱えたままぐったりと肩を落とす葉月の姿だった。その傍らには梨子と卓也の姿もある。

「……気持ちが焦ってる。落ち着いたほうがいい」

卓也の助言に、葉月は静かにうなずいた。前髪を留めるヘアピンがずれ、そこからこぼれた数本の黒髪が彼女の眼前にだらんと落ちた。それを直すこともせず、葉月は譜面を凝視したまま楽器を構えた。透明なファイルが蛍光灯の光を反射し、五線譜を白に塗り潰していた。


「久美子、帰ろ」

そう葉月に声をかけられ、久美子は慌てて楽譜ファイルを楽器室の棚にしまった。麗奈は先に帰り、緑輝も立華高校に行っているためこの場にいない。必然的に、帰り道は二人きりとなる。先日買ったばかりの濃いオレンジ色のスニーカーに履き替え、葉月はその場で屈伸した。

「うあー、疲れたー」

「練習頑張ってたもんね」

「そうやねん。頑張ってん」

先に進もうとする葉月の背を追いかけるため、久美子も慌ててローファーに足を通す。数学の課題を出されたせいで、スクールバッグはいつもより重い。

葉月のスニーカーの爪先に当たり、小石がコツンと弾かれる。アスファルトの上を転がる小石は、やがてガードレールの足元にぶつかってその動きを止めた。

「久美子さ、最近あんまり塚本と一緒にいいひんね」

ぎょっとして、久美子は葉月の顔を見やる。彼女はスニーカーの足を凝視しながら、なんでもないように笑いながら言った。

「さすがにわかるって。なんかあったんやろなって」

「あ、えっと……その」

「もしかして、付き合い始めた？」

ストレートに言い当てられ、久美子はギクリと背中を揺らした。無意識のうちに、手が前髪のヘアピンを押さえる。こちらの反応に、葉月は愉快そうに喉を鳴らした。そうなんや、と彼女はその肩を揺らす。

「なんで秘密にしてたん？」

「あ、それはその、やっぱり、なんというか……言いづらくて」

葉月は秀一のことが好きだった。いくら過去のことだとは言っても、いまの葉月がどう思っているかまでは久美子にもわからない。葉月を傷つけたくない。その気持ちから、部内の友人に打ち明けることをずるずると後回しにしていた。なぜか麗奈にはすぐにばれてしまったのだが。

顔を伏せた久美子に、葉月が呆れたようにため息をつく。腰に手を当て、彼女はわざとらしくしかめっ面《つら》を作ってみせた。

「もう、気にせんでええって前にも言ったやろ？　応援したるって」

「う、うん」

「それに、いまはそんなこと気にしてる暇はないから」

不意に、葉月が足を止める。頬に落ちた冷たい感触に、久美子はとっさに顔を上げた。外灯からぼんやりと放たれる光の周囲を雪の粒が飛び回っている。ちらつく雪片に、葉月がぱっとその表情を輝かせた。

「雪や」

「そうだね」

「せっかくやし、もうちょっとここにいようや」

「え、」

久美子が驚いているあいだに、葉月は安全柵の隙間をすり抜け、公園へと突き進んでいく。さびついたブランコに乗り、彼女は満足げに鼻を鳴らした。

「うち、立ち漕《こ》ぎ得意やねん」

ブランコの周囲をぐるりと囲む青色の柵は、劣化のせいで色褪《あ》せている。さびついた鎖からは、ぷんと鉄のにおいがした。太ももにスクールバッグを乗せ、久美子もあいているブランコに腰かける。ぐらぐらと揺れる感触は、なんだか心もとなかった。

「昔、こうやってよく友達とブランコで遊んでたわ」

葉月がグンと膝を伸ばすたび、ブランコの勢いは加速した。ギイ、ギイ。動きに合わせて鎖がきしむ。翻るスカートの下からは、真冬だというのに素肌が見えている。剥き出しの膝小僧にはいくつか傷痕が残っており、快活であったであろう彼女の幼少時代がうかがい知れた。

「みんな、怖いって言うねん。高いとこまで漕ぐの。でも、うちは全然平気やった。やりすぎてブランコが一回転したときには、さすがに死ぬかと思ったけど」

ブランコは段々と高くなる。葉月のスニーカーが、いまにも月まで届きそうだ。さすがに危機感を覚え、久美子は思わず声をかける。

「危ないよ、そんなに漕いだら」

「平気やって」

そう答えつつも、葉月は漕ぐのをやめた。勢いは時間をかけて徐々に弱まり、やがてブランコは久美子と同じ位置に戻った。静止したブランコの上に、葉月はなおも立ったままでいる。久美子は顔を上げ、葉月を見た。視線に気づいた彼女は、そこでようやくこちらを見た。眉尻を下げ、葉月は困ったように笑った。

「久しぶりにブランコしたら、なんかドキドキしちゃったわ。昔は平気やったのに、いまはちょっと怖いなって思った」

「そりゃそうだよ。もう高校生なんだから」

ストン、と葉月がブランコから飛び降りる。地面の上に、彼女のスニーカーの底の跡が残った。

「まだ中学生ぐらいの気持ちやねんけどさ、気づいたらもう高校生になってんねんな。いやはや、時が進むのは早いわ」

「おばあちゃんみたいな台詞だね」

「この調子だと、おばあちゃんになるのもあっという間なんちゃうかと思うわ」

指を組み、葉月はそのまま腕を伸ばす。外灯の光を浴び、彼女の足元からはすらりとした影が伸びていた。ローファーの先で、久美子はそれを踏んでみる。もちろん、なんの感触もなかったけれど。

「だからさ、」

そう言って、葉月がこちらを振り返った。はにかむような笑みをこぼし、彼女は鼻先を指でこすった。

「だから、後悔しいひんようにしたいなって思う。嫌やん、あとからぐちぐち悩むの」

「うん、私も後悔するのは嫌だ」

うなずいた久美子を一瞥し、葉月はふつりと黙り込んだ。それまでの勢いはどこに消えたのか、彼女は静かに柵の上に腰かけると爪先で地面を引っかいた。じりじりと砂が削れる音がする。

うつむいたまま、葉月が口を開く。落ちた声は、どこか弱々しいものだった。

「正直さ、不安に思ってんねん。うち、ちゃんと吹けるかなって」

「葉月なら大丈夫だよ。ほら、だって、最初なんて音も出なかったじゃん。そのころに比べたら、すっごく上手になったもん。絶対大丈夫だって」

「……ちゃうねん。そうやなくてさ、合奏のときになると吹けへんくなんの。先輩が吹かへんのやって思ったら、焦っちゃっていつもみたいに吹けへんねん」

「でも、B編成のときは葉月が一人でチューバやってたんでしょ？　そのときと同じと思ってやったらいいんじゃないの？」

「違う。全然違うねんて」

葉月が首を横に振る。乾燥しているのか、その唇の端はわずかに皮がめくれていた。

「初めて通したときな、圧倒されてん。麗奈の音に。それで、自分なんかがこの音を支えきれんのやろうかって思った。自分がミスったら麗奈の音が邪魔されちゃうわけでしょ？　そんなんあかんって思ったら、なんか余計に緊張しちゃって」

その感覚は久美子にも理解できた。麗奈は、特別だ。彼女が奏でる音色はほかの生徒の音と何かが違う。他人の感情を揺さぶるような、そういう魅力を持っている。久美子は自分が麗奈に追いつけるとは思っていない。こんなにもすごい子と一緒の舞台に立てている。それだけで、久美子は幸福だった。

「確かに麗奈はすごいよ。私が知ってるなかで、いちばんすごい。でも、一人じゃ合奏はできないから」

立ち上がった久美子に、葉月が顔を上げる。

「葉月なら大丈夫だよ。だって、いっつも練習頑張ってるじゃん」

ぐらりと、その瞳が揺らめいたのがわかった。何かをこらえるように、葉月が唇を引き結ぶ。

「うん」

そう短くうなずき、葉月は一度目を伏せた。地面に線を描いていたスニーカーの先が、ピタリとその動きを止める。踏ん張るように、彼女はその両足を肩幅に開いた。立ち上がり、葉月はおもむろに自身の両頬を叩く。バシンと響いた音は、気合いを入れるためのものにしてはいささか強すぎる。赤らんだ頬をそのままに、勢いよく葉月は顔を上げた。口角が持ち上がり、唇の隙間から歯列がのぞく。

「ありがと久美子。うち、頑張るわ！」

そう笑う葉月の表情は、いつもどおりのものだった。

「夏紀先輩、結構似合ってますね」

衣装の採寸をする久美子の台詞に、夏紀はまんざらでもない顔をした。黄色の腰みのに、青の甚平。夏紀がいま着用しているのは、浦島太郎の衣装だった。

「めっちゃ可愛いやん！」

「ええ感じやな」

衣装係のホルンの部員たちが、うんうんとうなずいている。三部で使用するこの衣装は、彼女たちが準備してくれたのだ。

「みぞれも似合ってるよ」

「うん。ってか、みぞれがまさかこういうことやるとは思わんかった」

盛り上がる部員たちの声に、みぞれが無言でうなずく。彼女が着ているのは、大きな甲羅が特徴的な緑色のカメの衣装だ。ステージパフォーマンスの希望者を募った際、いの一番に手を挙げたのがみぞれだった。

「みぞれ、ポーズとってよ」

同級生の指示に従い、みぞれが無表情のまま飛び跳ねている。意外にノリノリだな、と久美子はその姿を少し離れたところから眺めていた。

「優子のほうも準備できたよ」

サックスの先輩の声に、周囲の生徒がバタバタと動き出す。カッコよくポーズをとる夏紀とみぞれに対し、優子は仏頂面でその場に棒立ちしている。その周囲を取り巻いているのは演劇部の部員だ。

「アンタがお姫様って、ウケるんやけど」

「うるさい」

夏紀の軽口にも取り合わず、優子はじっと自身の姿を凝視している。彼女が着ているのは薄桃色の乙姫《おとひめ》の衣装だった。頭には金のティアラまでのっている。すべて演劇部から借りたものだった。

「あーあ、これが去年やったらよかったのに。そしたら香織先輩がこの服着てくれはったんやろなあ」

妄想の世界に入っているのか、優子がうっとりと頬を赤く染めている。優子の心酔ぶりは、香織が引退しても変わらないらしい。

「『山の音楽家』のＭＣは浦島太郎と乙姫で担当してくれるんですよね？　歌、よろしくお願いします」

久美子が軽く頭を下げると、優子は大きくため息をついた。

「はーあ、何が楽しくてコイツと歌わなきゃならないんだか」

「みんな優子先輩と夏紀先輩の歌を楽しみにしてるみたいですよ」

その言葉に、優子はすねるように唇をとがらせる。

「みぞれがカメをやるって言わなきゃ、絶対こんなの引き受けへんかったのに」

三部で行われるパフォーマンスの配役は、部内会議で決定された。カメ役として真っ先にみぞれが名乗りを挙げたのだが、それに続く者はいなかった。候補者がいないのならば、このパフォーマンスは断念しなければならない。そう久美子が告げたときのみぞれの表情は、無表情ながらも悲しさに満ちあふれていた。あからさまに落胆したみぞれを見兼ねて、優子が浦島太郎役に名乗りを挙げたのだが、それを阻止したのが夏紀だった。

「うちがそっちはやるんで、優子は玉手箱とかの仮装をさせとけばいいと思います」

そこでまた言い争いが起こり、なぜか最終的には優子が乙姫役をすることとなった。

「優子がMCで『山の音楽家』を歌うんやったら、当然夏紀も歌うよな？」

「ええやんそれ。二人で歌わせようや」

という先輩たちの強引な提案により、配役は決定された。それ以降、放課後練習の時間中に二人が喧嘩しながら歌の練習をする姿がたびたび目撃されている。

「見よ！　この渾身《こんしん》の力作！　お魚！」

「おお〜」

ホルンパートの部員が段ボールで作った魚のプレートを掲げているのを見て、周囲の部員たちが感心したようにうなずく。その足元にはワカメやらサンゴやらのプレートまで置かれていた。どうやらホルンパートの部員たちは凝り出したら止まらないタイプらしい。

「こうやって自分たちで準備進めてると、なんかワクワクしちゃいますね」

そう言って振り返ると、腕を組んだままの優子が澄ました顔でうなずいた。

「そりゃね、めちゃめちゃ楽しみに決まってる」

準備は着々と進んでいき、本番までに残された猶予もわずかとなった。久美子は巨大な紙袋を両手で抱え、パート練習の教室に入る。

「久美子ちゃん！　もしかしてそれ、ポスター？」

久美子の入室に真っ先に反応した緑輝が、うれしそうにこちらに駆け寄ってきた。

「正解。ポスターとチラシだよ」

袋を開けると、分厚い紙の断層が見える。その一枚を緑輝に手渡すと、彼女はもともと大きな瞳をさらに大きく見開いた。

「カッコいい！」

彼女の手にあるポスターは、黒を基調としたシンプルなものだった。その右端には大きくホルンのシルエットが描かれており、傍らに曲目や開催日時を伝える文字列がぴっちりと並んでいる。

「もう、こんな季節か」

卓也が感心したようにうなずいた。その大きな手のひらにも、久美子はポスターを乗せる。

「もし可能であれば、いろんなところにこのポスターを貼ってもらってください」

そう言いつつ、久美子はスクールバッグを肩にかけた。ポスターとチラシのうち、半分は机の上に置いておく。

「もう帰るん？」

緑輝の問いに、久美子は首を横に振った。

「違う違う。いまからほかの学校にチラシ置いてもらってくるの。あと、時間余ったらポスターもお願いしようと思ってる」

「一人で？　手伝おうか？」

「大丈夫。助っ人はもうお願いしてるから」

紙袋の持ち手を腕にかけ、久美子は教室をあとにした。久美子たちが会話しているあいだ、葉月はずっと曲の練習をしていた。あの日から、彼女はメトロノームとともに熱心に練習に励んでいる。きっと、本番でも大丈夫だろう。頑張れ葉月、と心のなかで念じながら、久美子は足早に廊下を進んだ。

自転車のペダルを漕ぐ。ぐっと足を踏み込むと、前輪が静かに回り出した。

「やっべー。この坂をママチャリはキツイ」

前を進む秀一が弱音を吐いているが、そんなのは無視だ。額の汗を拭い、久美子は立ち漕ぎの姿勢でペダルを回した。暑い。羽織っていたコートはすでに自転車のかごのなかに突っ込まれている。これだけ運動すれば、制服だけで充分だ。

「うちの中学、こんなに坂きつかったっけ?」

「自転車で来たことなかったから知らなかったよ」

久美子と秀一が目指しているのは、二人の出身校である北中《きた》だった。教師から借りたママチャリ二台を駆使し、二人は周囲の学校に足を運んだ。小学校はだいたい回り終わり、残るは中学校だけだ。

「ポスター、残り何枚あるん?」

「あと十枚」

「十枚か。まあまああるな」

ようやく正門に着き、二人は駐輪場に自転車を止めた。来客用の玄関でスリッパに履き替えていると、制服姿の中学生たちが雑談しながら廊下を歩いていくのが見えた。

事務員に訪問の旨を告げると、吹奏楽部の顧問を呼んでくれることとなった。応接室に通された久美子と秀一は、かしこまったままソファーの端に腰かけた。応接室に入ったのは、これが初めてだった。

「あぁ、ごめんな待たせて」

ややあって、応接室に姿を現したのは、中学時代の顧問である藤城《ふじしろ》だった。見知った顔に、久美子と秀一はそろって安堵の息を吐いた。

「二人ともえらい久しぶりやな。高校生活はどうや?」

「なんというか、いろいろと頑張ってます」

秀一が頬をかきながら答える。そうか、と藤城は目を細めた。

「北宇治、全国行ったんやろ? えらいびっくりしたわ。うちの部活の子らのなかでも、今年は北宇治を志望してる子が結構おるで。自分の地元に強豪校があるってのは結構励みになってるみたいやな」

ガラス越しに、吹奏楽部のラッパの音が聞こえてくる。甲高いトランペットの音色、ぴたりとそろったホルンのファンファーレに、サックスのロングトーン。個人練習中の音を外から聞くと、統一性がなくめちゃくちゃだ。

「で、今日はなんで来たんや?」

藤城の問いに、久美子は慌てて紙袋からチラシを取り出す。

「あの、チラシを置いてもらいたくて。それで来ました」

「定期演奏会か。そういえば、北宇治は毎年二月やったな」

藤城の皺の多い手が、久美子からチラシの束を受け取る。その指が、紙袋のなかにある紙筒を指差した。

「そっちのポスターはええんか？」

「貼ってもらえるとありがたいです。よろしくお願いします」

慌てる久美子の横で、秀一が手慣れた動きでポスターを袋から取り出す。中学生のころ、音楽室の扉や黒板の隅にはさまざまな学校の定期演奏会のポスターが貼られていた。いろいろな学校の吹奏楽部員が、久美子たちと同じようにこうして宣伝をお願いしていたのだろう。

「今年の北宇治の定演は人気あるやろな」

チラシに目を通しながら、藤城が人懐っこい笑みを浮かべる。なんだか気恥ずかしくなり、久美子は首をすくめた。

「そうだといいんですけど」

「人数入りきらんくなって、来年からは二回、三回やることになるかもしれんしな。うちの部員も何人か行きたいって話しとったで」

藤城の指が、そろりとチラシの表面をなでる。伏せられた瞼《まぶた》の下で、ピクリとその瞳が動く。

「ほんま、黄前《おうまえ》が吹奏楽続けててよかったわ」

漏れた息に混じった声音は、どこか気弱なものに思えた。もしかすると、彼は彼なりに思うところがあったのかもしれない。

「私も、続けててよかったと思ってます」

確かに、中学時代にはいろいろと嫌な記憶もあった。先輩と上手くいかなくて、部活が嫌いになりそうなこともあった。だけど、それでも楽しいこともたくさんあった。久美子の中学時代は、忌々《いまいま》しい過去ばかりでは決してなかった。

秀一がぺこりと頭を下げる。

「先生も、お時間があればぜひ見に来てください」

「もちろん、行かせてもらうわ」

そう答える藤城の声は、記憶どおりの快活なものだった。

中学校にチラシを置いたあとは、商店街でのポスター依頼だ。スーパーやパン屋の店員にお願いし、よく見える場所にポスターを貼ってもらう。快く承諾してくれる店もあれば断られるところもあり、二人がすべてのポスターを貼り終えるころにはとっくに日は沈んでいた。空っぽになった紙袋を見下ろし、久美子がにんまりと口角を持ち上げる。もうすぐ、本番がやってくる。自分たちで準備して、自分たちで決めた、自分たちのための演奏会。

店頭に貼られたポスターには『北宇治高校吹奏楽部』という九文字が堂々と並んでいる。それを見るたびにワクワクする気持ちがわいてきて、久美子はなんだかたまらなくなった。

＊

定期演奏会前日。リハーサルを兼ねて体育館に集まった部員たちは、舞台に並んで本番と同じように通し練習を行った。曲のどこで動くか、パフォーマンスはきちんとできるか、衣装替えのタイミングはこれでいいのか。確認すべき点はたくさんあり、それらをひとつずつこなしていく。当日は演奏会前に会場でリハーサルするのだけれど、そのときに問題がないように些細《ささい》な部分まできっちりと解消しておきたかった。

幕間のタイミングになり、七人の部員たちが前に出る。『トランペット吹きの休日』のメンバーだ。チューバを持った葉月は、立ったまま楽器を構えた。足を少し曲げ、太ももをスタンド代わりにして、葉月はマウスピースを口につけた。

麗奈が皆の顔を見回すと、それから一度ベル先を小さく下げた。動きに合わせ、全員が息を吸い込む。ぴたりと同じタイミングで、最初の一音が打ち出された。

耳馴染みのある軽やかなメロディーが、三本のトランペットによって紡がれる。麗奈の輝かしい音色に引きずられているのか、ほかの部員が奏でるトランペットの音は普段よりもずっとレベルが高い。黄金色のベルが震え、そこから弾むようなリズムが鳴り響く。それを支える、チューバの低音。葉月は真剣な面持ちで、麗奈のほうを凝視している。この場を支配しているのは、麗奈のトランペットの音だ。

トロンボーンがハーモニーを奏で、そのうえにユーフォニアムが滑り込む。激しいオブリガードに、久美子の眉間に皺が寄る。苦しい。頭のなかでは確実に押せているはずのピストンも、現実では速さについていけずに指が滑る。音が駆け足にならないよう、久美子はじっと葉月の演奏に耳を傾ける。一定のテンポでリズムを刻むチューバの音色は、以前に比べてずっと安定したものだった。明らかに練習の成果が出ている。葉月に負けてはいられない、と久美子は気持ちを引き締める。

二分足らずの曲は、すぐに終盤を迎えた。連鎖するトランペットの音は次第に重なり合い、盛り上がりに呼応するかのようにその細いベルが上を向く。低音が最後の一音を吹き鳴らし、そして演奏は終わりを告げた。

マウスピースから口を離した葉月が、頬を火照らせたまま頭を下げる。その横で待機していた二年生四人が、タイミングを見計らい『チューバ吹きの休日』を演奏し始める。席に戻りながら、久美子は葉月に笑いかけた。肩で息をしていた葉月は、そこでようやく緊張を解いたように安堵の息を漏らした。

帰宅時間を告げるチャイムが鳴り、この日の練習は終わった。楽器を片づけ、久美子はパンフレットに目を通した。会場のスタッフにはすでに照明や映像の要望は伝えてある。実際に自分の目でそれらがどのように作動するかを確認することはできないけれど、きっと大丈夫だと信じたい。乱れる息を抑え込むように、久美子は大きく深呼吸した。肺が膨らみ、冷たい空気が身体のなかに取り込まれる。

「久美子ちゃん、帰ろ！」

緑輝がこちらに向かい、ブンブンと勢いよく手を振っている。その横には、葉月のほかに麗奈までいた。四人そろって帰るのは、久しぶりのことかもしれない。久美子はパンフレットを鞄《かばん》にしまい込むと、コートの上から慌ててマフラーを巻いた。

「ついに明日かと思うとドキドキするなあ」

頬を押さえる緑輝に、麗奈が小さく笑みをこぼす。昇降口で靴を履き替え、四人は正門をくぐり抜けた。狭い道路に四人で並ぶのは難しかったので、自然と二人ずつに分かれて歩くことになった。前を歩く葉月と緑輝の後頭部を眺めながら、久美子と麗奈は足を動かす。グレーのコートに身を包んだ麗奈は、寒さをこらえるように何度か自身の指先に息を吹きつけていた。

「久美子もさ、ずっとみぞれ先輩の手伝いしてたもんな。めっちゃ大変やったんちゃう？」

顔だけをこちらに向け、葉月が笑いながら問う。鞄の持ち手を肩にかけ直し、久美子は頬をかいた。

「いろいろあったけど、でもいま思うとあっという間だったかな。楽しかったし」

「緑も本番がめっちゃ楽しみ！　早く明日にならへんかなあ」

右、左。足を動かすたびに、緑輝の癖のある猫っ毛がぴょこぴょこと陽気に揺れている。その足取りは軽く、まるでスキップしているかのようだ。

「うち、定期演奏会って初めてやけど、みんなでああしようこうしようって言い合うの、めっちゃ楽しかった。中学のときの吹部の子らとか、こんなことしててんな」

「来年はもっとおもしろくなるで。葉月ちゃんが二年生になったら、曲だって決めれるようになるし、演出をどうしたいって話もできるし」

「確かに、自分が考えた演出がウケたら、めっちゃ達成感ありそう」

「でしょでしょ！」

葉月が同意したのがうれしかったのか、緑輝がその場で飛び跳ねる。その後ろ姿を眺めながら、久美子は尋ねた。

「緑輝だったらどんな演出にする？」

「いーっぱいやりたいことあるけど、緑は怪獣の着ぐるみを着てステージを歩きたい。段ボールで作った街を破壊すんねん！」

「え、なんで怪獣なん？」

「可愛いから！」

緑輝の可愛いの基準はいまいち理解できないけれど、そのアイデアはおもしろいかもしれない。着ぐるみを着た緑輝がステージを闊歩《かっぽ》する姿を想像し、久美子は思わず笑みをこぼした。

「アタシも、明日は楽しみ」

そうつぶやき、麗奈は自身の前髪をかき上げた。指で梳《と》かれた黒髪がするすると下に流れ落ちる。道路に引かれた白線からはみ出さないよう、久美子はわずかに麗奈のほうに身を寄せた。

「麗奈も優子先輩みたいにコスプレしたらよかったのに」

「ああいうの、苦手やから」

「でも、絶対似合うと思うよ」

優子が着ていたドレスを脳内に呼び起こす。麗奈は美少女だから、どんな格好だって似合うに違いない。

「久美子だって似合うやろ」

「えー、私は全然」

「そんなことないって」

「そんなことあるって。私はほら、麗奈みたいに美人じゃないし」

　自身の手を、外灯の光にかざしてみる。浮き出る黒の輪郭線は、麗奈のものと違って少し不格好だ。

　こちらの様子を観察していた麗奈が、不意に手を伸ばしてきた。その美しい指先が、久美子の手首をつかむ。強引に引き寄せられ、肩と肩がぶつかる。間近に迫る端整な横顔に、久美子はとっさに息を止めた。麗奈の艶めいた唇から、短く声が漏れる。

「危ない」

　白い光が一瞬にして久美子の傍らを通りすぎる。急《せ》くように回る車輪の動きが、なぜだか久美子の網膜に焼きついた。どこにでもあるような、黒の自転車。それに乗る少年は、制服の上に白のダウンジャケットを着ていた。風を受け、膨らんだジャケットが翻る旗みたいにばさばさと揺れている。

「うわ、スピード出しすぎやろ」

「あっぶなーい」

　葉月と緑輝が口々に文句を言う。久美子が顔を上げたときには、自転車の姿はすでに遠く彼方にあった。呆《ほう》けている久美子の顔を、麗奈がのぞき込む。雪の色にも似たその肌からは、どこか甘い匂いがした。

「久美子、大丈夫やった？」

「あ、うん。ありがとう」

「大丈夫ならよかった」

なんでもないことのようにそう言って、麗奈は肩にかかる黒髪を指先で払った。突然の麗奈の行動に、いまだに心臓がドキドキしていた。なぜだかその顔が直視できなくて、久美子は彼女の横顔をそっとのぞき見た。伏せられていた瞼が跳ね上がり、きらめく瞳が静かに動く。

「アタシ、明日の『トランペット吹きの休日』、楽しみにしてる」

告げられた曲名は、麗奈がアンケートで希望していたものだった。私も、と久美子は慌ててうなずく。

「私も麗奈と一緒に吹けるの、楽しみだよ」

「ふうん」

平静を装う麗奈の口端は、感情を隠せていないのか、わずかに吊り上がっている。素直じゃないんだから、と久美子は桃色のマフラーに口元をうずめた。

「緑も『トランペット吹きの休日』を聞くのめっちゃ楽しみ！　葉月ちゃんの晴れ舞台やしね！」

「やめてー。プレッシャーかけんといてー」

芝居じみた動きで耳を塞ぐ葉月に、緑輝はむっとした様子で両頬を膨らませた。憤慨した様子で、緑輝は地団駄を踏むようにその場で大きく地面を蹴った。

「プレッシャーなんかとちゃうって！　緑はね、ほんまにうれしいの。葉月ちゃんはこんなに上手くなったんだぞ！　ってみんなに自慢できるのが」

「確かに、前と比べて上手くなったよね」

同意を示すように久美子がうなずくと、緑輝がぱっとその表情を輝かせた。

「やっぱり！　久美子ちゃんもそう思うやんな！　緑もそう思う！」

傍らに立つ麗奈が、葉月の顔をじっと凝視している。その視線に気づいたのか、葉月が警戒するように身体を強張らせた。まるで蛇ににらまれた蛙《かえる》だ。練習中に注意されたのがよっぽど怖かったのだろうか。

「な、何？」

ギクシャクとした葉月の口調に、麗奈が可笑しそうに喉を鳴らした。

「アタシも、上達したと思うよ」

素直な称賛の台詞に、葉月の顔が一瞬にして赤く染まる。見開かれたその瞳が、感動の色でじんとにじんだ。足を止めた葉月の肩に、緑輝が勢いよく抱きつく。

「おお！　麗奈ちゃんのお墨付き！　やったね、葉月ちゃん！」

屈託のない緑輝の声。ゆでダコのような顔色をしたまま、葉月がはにかむように笑う。

「へへ、なんか照れるわ」

喜びの感情が、その声からあふれ出す。麗奈のひと言は、こんなにも他人に大きく影響を及ぼす。皆が麗奈に一目《いちもく》を置いている。認められてうれしい。そう思うくらいには。

先ほど麗奈につかまれた手首を、久美子はそっと指先でなぞった。外気にさらされた皮膚に、いまだ彼女の体温が残っているような気がした。


定期演奏会の日は、見事なほどの快晴だった。青い空には雲ひとつなく、降り注ぐ太陽の光はどこか柔らかい。楽器の運搬もスムーズに進行し、演奏会の準備は滞りなく行われた。

リハーサルを終え、開場までのあいだ、部員たちは思い思いの時間を過ごしていた。そろいのTシャツには、胸元に『北宇治高校吹奏楽部』の文字がプリントされている。シンプルなデザインは、卒業した先輩が手がけたものらしい。

「香織先輩！　来てくれはったんですね！」

甲高い歓声が上がり、部員たちが関係者入り口へと目を向ける。そこに立っていたのは、小笠原と香織だった。黄色い悲鳴を上げながら駆け寄る優子に、周囲の部員は苦笑している。

「うん、今日はお手伝いに来たの」

片頬に手を当て、はにかむように微笑む香織に、優子がまた歓声を上げる。そういえば、優子のああいう姿を見るのは久しぶりだ。部長になって以降、優子が険しい表情を浮かべることがずいぶんと増えた。大きな集団のまとめ役になるのは、きっと負担も大きいのだろう。

「小笠原部長、お疲れ様です」

久美子が声をかけると、小笠原は鞄を手にしていないほうの手を小さく上げた。

「いろいろと大変やったみたいやね。噂《うわさ》には聞いてるで」

「え、どんな噂ですか」

動揺する久美子に、小笠原は笑っただけだった。束ねた毛先を軽く引っ張り、小笠原がきょろりと周囲を見渡す。

「なんか懐かしいな。去年のこと思い出す」

「部長の演奏見ましたよ、『ディープ・パープル・メドレー』の」

「えー、アレ見たん？　恥ずかし」

「カッコよかったですよ。なんというか、別人みたいで」

バリトンサックス担当の小笠原は、ジャズの演奏となると豹変《ひょうへん》する。普段の気弱な性格は鳴りを潜め、すっかりノリノリになるのだ。そのことに関しては周囲からもさんざん言われているらしく、小笠原は慣れた口調で肩をすくめる。

「アレはな、もうしゃあないねん。身体が勝手に動くんやもん」

「そういうものなんですね」

「そうそう、そういうもん」

そう力強くうなずいた小笠原が、不意に施設の出入り口へと視線を向けた。透明なガラスを隔てた向こう側では、開場時間前だというのにすでにぽつぽつと観客の姿が見えている。並んだ観客に視線を固定したまま、小笠原は言った。

「あすかは今日、来《こ》うへんから」

「あ、そうなんですね」

「うん。あの子、受験あるしな」

そう告げる小笠原の指先には、冬の乾燥した空気のせいか、ささくれができていた。

「うちさ、卒業してもサックス続けたいなって思ってんねん。せっかく楽器も買ったし、趣味にしたいと思ってさ」

「いいですね。ほかの先輩たちも楽器を続けるんですか?」

久美子の問いに、小笠原は目を伏せた。その唇に、苦々しい笑みが乗る。

「まあ、続ける子もおるやろうな。やめる子もおるやろうけど」

「あすか先輩はどうするんですかね」

「さあ、どうするんやろうな。できることなら、卒業しても一緒に楽器吹きたいけど」

　高校を卒業しても、音楽を続ける吹奏楽部員たちは存在する。何も、プロになることだけが音楽を続ける唯一の道ではない。バラバラな進路を選んだ部員たちのなかには、アマチュアの楽団に所属したり、有志で演奏会を開いたりと、無理のない範囲で音楽を続ける者も多い。

　あすかはどうするのだろう。全国大会のときの、彼女のあの幼子のような表情を思い出す。清々《すがすが》しさすら感じたその横顔を見ていると、彼女はもしかするとこのままユーフォをやめるつもりなのではないかという予感すらした。

「そろそろスタンバイやで。移動して」

　夏紀の指示に、部員たちがぞろぞろと動き出す。優子はその場で一礼すると、名残惜しそうな表情を浮かべながらも香織から離れていった。久美子も頭を下げる。

「それじゃ、行ってきます」

「うん、頑張って」

　そう言って、小笠原はひらりと手を振った。これまで、本番前には必ず部長である小笠原が声がけをしてくれた。しかし、それももう行われることはないのだ。そう考えた途端に、跳ねていた心臓がぎゅっと強く締めつけられた。寂しいとは思わない。

ただ、音もなく変わっていく現実に、切なさを感じずにはいられなかった。

本番のステージは、いまは厚みのある幕によって隠されている。セットされた席に座り、久美子は静かに深呼吸した。舞台上でのチューニングを終え、紺色の礼服に身を包んだ滝が優子のほうに手を向けた。彼女はこくりとうなずくと、部員たちの正面に立った。

「今日は新体制になってから初めての本番です。いままで頼りにしてた三年生が抜けて、いろいろと大変やったことも多かったと思う。でも、こうして今日という日を迎えられて、ほんまにうれしく思っています」

こもることのない澄んだ声が、後方の部員のもとまでまっすぐに飛んでいく。

「去年はいろいろあったけど、でも、それがあったからこそいまこうしてみんなとこんなふうに音楽できてんのかなって思います」

ちらりと、彼女の瞳が麗奈を捉える、まっすぐに正面を見つめる麗奈は、視線に動じることなく優子の顔を見つめている。肩幅に足を広げ、優子はそこで一度唾を飲んだ。

「今年のうちの目標は、吹奏楽コンクールの全国大会金賞です。これを、単なるスローガンやって思われへんよう、まずは今日ここに来てくれたお客さんに北宇治の本気を見せつけてやりましょう」

「はい！」

返ってきた声に、優子が満足げにうなずく。拳を握る右手が、上へと向けられた。その姿が、以前の小笠原の姿に一瞬重なる。優子は息を吸い込み、それから言った。

「それじゃあご唱和ください。……北宇治ファイトー！」

「オー！」

突き上げられた拳が、金色のユーフォニアムに映り込む。部員たちの声がステージの上で反響し、幕越しから温かな拍手の音が聞こえてきた。もうすぐ、定期演奏会の幕が上がる。久美子は楽器を抱き締めると、大きく息を吸い込んだ。

星彩《せいさい》セレナーデ

〜北宇治高校&立華高校　合同演奏会〜

定期演奏会が大成功に終わった翌日、北宇治《きたうじ》高校は次なる演奏会に向けて準備を始めていた。音楽室に集まった部員たちの顔を見渡し、部長である優子《ゆうこ》が口を開く。

「定期演奏会が終わったばかりですが、次の本番についてのお知らせです。以前にも言っていたように、立華《りっか》高校との合同演奏会を行います。会場はCMとかようやってる、ドリームパークっていう遊園地です。春休みのタイミングでイルミネーション展示を行うようなのですが、そこでのオープニングイベントの依頼です」

ドリームパークは、昔から地元で愛されている遊園地だ。アトラクションのほかにも夏はプール、冬はアイススケート場が設置され、多くの人々が足を運ぶ。園内はいくつかのエリアに分かれているのだが、イルミネーションが行われるのは公園エリアだ。ドリームパークのイルミネーション自体は毎年行われているのだが、今年はリニューアルするということでイベントにも力が入っているらしい。

「本番は練習日程表に書いてあるとおり、三月中旬にあります。春休みまでにも何度か立華高校との合同練習を予定しています。強豪校と同じ舞台に立てるというのは非常に有意義な経験です。多くのことを吸収するつもりで取り組みましょう」

「はい！」

今回の合同演奏会には、引退した三年生も参加する。希望者のみの参加であるため全員というわけにはいかないが、それでも慣れ親しんだ三年生の顔を練習室で見かけると、なんだか時間が巻き戻ったような気がしてくる。

　パート練習室に戻り、部員たちは練習を始めた。合同演奏会の曲は三曲あり、そのどれもが北宇治高校にとっては初めて演奏する曲だった。楽譜ファイルを手にパート練習室の扉を開くと、なぜか教卓の前で緑輝《さふぁいあ》が待ち構えていた。その手には何やら文字がびっしりと書き込まれた紙がしっかりと握られている。

　ほかの低音パート部員が困惑するなか、緑輝は高らかに拳を突き上げた。

「緑《みどり》、あすか先輩から託されたんです！　伝統の低音パートの意思を継いでくれって」

　いったいなんの話だろうか。首をひねる久美子《くみこ》と葉月《はづき》とは対照的に、卓也《たくや》と梨子《りこ》は何かを察したように互いに顔を見合わせている。夏紀《なつき》に至っては、呆《あき》れたように頬杖《ほおづえ》をついていた。

「何を託されたの？」

　おそるおそる久美子が尋ねると、緑輝はエッヘンと胸を張った。その手にある数枚の紙が、彼女が託されたものなのだろうか。

「あすか先輩、緑にこう言わはったの。『うちが抜けたら、きっと低音のメンバーは与えられた楽譜にしか興味がなくなると思う。でも、それはもったいない。緑ちゃんだけやねん、低音パートの伝統を託せるのは！　どうか、うちの跡を継いで緑ちゃんが北宇治高校の知恵袋になってほしい。音楽に関する知識を、みんなに伝えてほしい！』って！」

身振り手振りの激しい、やたらと力の入った台詞《せりふ》再現だった。キラキラと輝く緑輝の瞳は、使命感に満ちあふれている。久美子は卓也のほうを見やった。

「先輩、そんな伝統が低音にはあるんですか？」

「聞いたことない」

あっさりと否定する卓也に、ですよね、と久美子は脱力した。しかしそんな会話も耳に届いていないのか、緑輝はやる気満々で教卓についている。

「緑ちゃん、何を教えてくれるの？」

梨子の優しいアシストに、緑輝はうれしそうに破顔した。

「いい質問ですね！　えっと、緑、今回いろいろ調べたんです！　あのですね、次の演奏会で吹く曲、夏紀先輩覚えてはりますか？」

唐突に名指しされ、夏紀は面食らったようだった。その鋭い目をぱちりと一度大きく瞬かせ、彼女はため息混じりに答えた。

「確か、『メリーゴーランド』、『ノアの方舟《はこぶね》』、『シング・シング・シング』やったかな」

夏紀の言葉に、緑輝がうれしそうにうなずく。これはまさか、と久美子が身構えるよりも先に緑輝の口は開いていた。

「今回、会場が遊園地ってことで選ばれた『メリーゴーランド』は、イギリス人のフィリップ・スパークによって作曲されました。明るく楽しい曲で、オープニングにもぴったりです！　スパークはとーっても素敵な曲をいっぱい作っていて、『宇宙の音楽』や『パントマイム』などの曲も有名です。緑がいちばん大好きなのは『陽はまた昇る』。これ、とーっても綺麗《きれい》な曲で、初めて聞いたときは、緑、めっちゃ泣いちゃいました。この曲は東日本大震災の復興支援のために発表された曲で、いまでもいろんなところで演奏されています」

それから、と緑輝がページをめくる。あすかのよどみない説明に比べると、まだ少しぎこちない。

「えっと、二曲目に演奏する『ノアの方舟』は、アッペルモント作曲のほうです。ベルギーの作曲家であるベルト・アッペルモントは、物語や伝説を題材にした作品を多く生み出しています。『ノアの方舟』は〈お告げ〉〈動物たちのパレード〉〈嵐〉〈希望の歌〉の四つの楽章から構成されていて、トランペット、ユーフォ、トロンボーン、クラリネットなどの楽器のソロやソリもあります。ちなみに、この場合のソリっていうのはソロの複数形のことで、二人以上でソロ扱いの旋律を吹く行為を意味していま す。やっぱり伝説を曲にしてるだけあって、とっても物語性に富んだ楽曲です。緑は、なんといっても第三楽章の〈嵐〉が好き。トロンボーンソロがバーンって響いて、めっちゃカッコいいねん。本当、ミュージカル見てるみたい！　あと、もう一曲、『シング・シング・シング』。ベニー・グッドマン楽団の代表曲で、スウィング・ジャズの名曲です。立華高校の十八番のこの曲は、なんといってもトランペットとトロンボーンがカッコいい！　しびれるようなサウンドで、演奏会で吹けば盛り上がること間違いなし！　です」

演説を終えた緑輝に、梨子と卓也がパチパチと拍手する。発表会を終えた子供と保護者のような構図に、久美子は乾いた笑みをこぼした。葉月が手元にある楽譜を手の甲で弾《はじ》く。

「これ、立華高校と一緒にやるねんな？」

「うん、そうだよ。合同演奏会だからね」

「うち、あんまり他校と一緒に練習したことないねんけど、やっぱいつもの感じとは違うん？」

「まあ、吹奏楽部って学校によってルールが違ったりするし、そこらへんは気になるかも。でも他校の上手《うま》い子とかと一緒にやることで刺激になるし、友達とかも増えるから、結構楽しいイベントになると思うよ」

「友達かあ。立華にもうちみたいな初心者おるかな？」

葉月の言葉に、久美子は「うーん」と言葉を濁した。立華高校はマーチングの強豪校として知られており、全国から入部希望者が集まるらしい。そんな強豪校にも、初心者はいるのだろうか。

「緑は先輩に会えるのがとっても楽しみ！」

にこにこと笑う緑輝に、久美子は首を傾《かし》げた。

「緑も立華に知り合いがいるの？」

「知り合いというより、こっちが一方的に知ってるだけやけどね。ホルンがめっちゃ上手な先輩で、立華で部長をやってはったよ。三年生やからもう引退してるやろうけど、今回のイベントには出はるんちゃうかな」

「立華の部長か。すごそうな人やなあ」

「あとはね、梓《あずさ》ちゃんに会えるのもうれしい」

緑輝たちと佐々木《ささき》梓が知り合ったのは、吹奏楽コンクールの全国大会前に行われた京都駅ビルコンサートのときだった。あのときはたいして話す時間もなかったけれど、今回は一緒に過ごす時間もたっぷりある。社交的な梓は初対面の相手にも物怖じせずに話しかける性格だから、きっとすぐにでも皆と仲良くなれるだろう。

「ガードは先に立華と練習しててんけど、ほんまにみんなすごい人ばっかかやねん。あんな学校と一緒に練習できるなんて、緑、いまからワクワクしてる！」

そう満面の笑みで告げ、緑輝がぱっと勢いよく両手を上げる。

「それじゃあ、緑、ガードの練習に行ってくるね！」

「あ、うん」

元気よく駆け出す緑輝の背を、葉月と久美子は呆気《あっけ》に取られながら見つめた。コントラバス担当の緑輝は、今回の演奏会ではカラーガードを担当することになっている。カラーガードは手具を用いてパフォーマンスを行うパートで、フラッグなどを使用するのが一般的だ。北宇治のカラーガード組も三曲目では『シング・シング・シング』のステップを踏むらしく、緑輝はたびたび立華高校に通って練習を行っていた。もしかすると、そのときに梓とも仲良くなったのかもしれない。

「うちらも緑を見習って練習せんとな」

そう言ってチューバを構える葉月に、久美子は自身の手元にある譜面へと視線を落とした。『ノアの方舟』の冒頭は、トランペットとユーフォの美しいかけ合いで始まる。フレーズを担当する奏者はそれぞれ一名ずつだが、その選出方法はまだ明かされていない。オーディションになるのか、先生の指名か。久美子はぎゅっと拳を握り締める。

多分、トランペットは麗奈《れいな》が担当するのだろう。誰が見ても麗奈の実力は突出しているし、その演奏を聞けば異を唱える者もいないはずだ。できることならば久美子だってソリを吹きたいけれど、立華高校のメンバー相手となるとそれも難しいかもしれない。久美子は、自分が麗奈ほどの実力がないことを知っている。

床に立てていたユーフォを膝に乗せ、久美子は銀色のマウスピースに息を吹き込んだ。ベルから流れ落ちた旋律は、やけにくぐもっているように聞こえた。


一回目の合同練習は、その週の休日に行われた。練習場所に選ばれたのは立華高校の体育館で、木目の床には保護のために緑色のシートがびっしりと敷かれていた。久美子は立華高校に足を踏み入れたのは初めてだったが、私立と公立の違いか、その広々とした校舎はどことなく北宇治とは違う空気をまとっていた。

「こんにちは！」

立華高校の部員たちは、まるで運動部のように足を止めてしっかりとした挨拶をしてくる。そうした作法に不慣れな北宇治高校の面々は、あっという間に強豪校の空気に圧倒された。

「久美子！」

廊下で楽器を運んでいると、背後から声が聞こえた。久美子が振り返ると、梓がブンブンと手を振りながらこちらに駆け寄ってきた。見知った顔を見つけ、久美子はほっと安堵《あんど》の息を吐いた。強張《こわば》っていた頬の筋肉が、勝手に緩む。

「あー、よかった。梓が来てくれて」

「ん？　なんで？」

「知らない学校って、緊張しちゃって」

「あー、それはわかる」

そう言いながら、梓は体育館の正面に立つお団子頭の部員を指差した。

「あれが去年の部長。聖女《せいじょ》出身やから、緑と同じ学校の出身やな。三年生は、本当はもう引退してはんねんけど、受験が終わってイベントに参加できる先輩たちは練習に来てはんの。隣にいるの、久美子んとこの三年生やろ？」

「うん、そうだよ。こっちも参加希望者の三年生だけは、イベントのためにたまに部活に来て練習してるんだ。ブランクがあるから大変って言ってたけど」

立華高校の元部長と語り合っているのは、我らが北宇治高校の元部長、小笠原《おがさわら》だ。そのほかにもちらほらと三年生の顔が見える。引退を迎えた三年生部員たちは、今回のイベントに参加するために特別に練習に参加している。短期間ではあるが、三年生が再び顔を出してくれるようになった状況に、北宇治でもっとも喜んだのは優子だった。香織《かおり》と一緒に吹けることが、よほどうれしいらしい。

「そういえばさ、『ノアの方舟』ってソロあるやん。ユーフォは確か、トランペットとのソリやったっけ」

人差し指を唇に当て、梓が思い出したように言う。久美子はギクリと肩を揺らした。

「梓はソロ目指すの？」

「そりゃそうやろ」

平然と返され、久美子は言葉を詰まらせた。こちらの反応をどう受け取ったのか、梓がニカッと安心させるように笑う。

「なんかさ、今回はソロとかのメインどころは、一、二年生に優先的にやってもらうことになってるらしいよ。引退した三年生じゃなくて、これから大会にいっぱい出る子らにメインをやってもらいたいんやって」

「そうなんだ」

「うん。やから、あんまり先輩がどうとか気兼ねせんとやってええと思うで」

「あ、うん。そうだね」

どうやら梓は久美子が先輩に気兼ねしていると思ったらしい。もしかすると彼女は、久美子の中学時代のことを配慮してくれているのかもしれなかった。

「でも、そこらへんはべつに心配してないから大丈夫」

むしろ、久美子は自分の能力のほうが心配だった。小学生のころから楽器をやっていたこともあり、久美子は自分の腕前が一般的なレベルよりは高いと自負している。だけど、それはあくまで〝一般的な〟レベルと比べたときのものであって、麗奈のようにずば抜けたものでないこともわかっている。自分なんかよりも上手な部員がほかにいるかもしれない。その状況下でソリを目指すという発言をする勇気が、久美子にはなかった。

「そう？　それならよかった。これから本番まで、一緒に頑張ろな」

爽やかに笑う梓の動きに合わせ、高い位置で結わえたポニーテールの毛先が揺れる。その横顔にはあふれんばかりに自信がみなぎっており、彼女の一年間がいかに充実したものであったかがうかがえた。

合同練習は最初に一度曲を合わせ、顧問からいくつかの指摘を受けたあとにパート練習に移った。ユーフォニアムパートに与えられた部屋は立華高校の二年生の教室で、そこに七人の部員が集まった。あすかがいないために久美子と夏紀の二人だけの北宇治高校に対し、三年生部員も練習に参加している立華高校には五人ものユーフォニアム奏者がいた。さすがにあすかに並ぶほどの能力を持った生徒はいなかったが、立華のユーフォニアム奏者は優秀な子ばかりだった。久美子は彼女たちに負けたとは一度も思わなかったけれど、勝ったと思うこともなかった。最初は緊張してばかりだった久美子と夏紀も、時間がたつにつれ徐々に立華の部員とも打ち解けていった。

「黄前《おうまえ》さん、一年生やのに上手いなあ。さすが北宇治」

「あ、ありがとうございます」

「やっぱ座奏の上手いとこって、音、綺麗やなあ」

　立華の二年生部員からの称賛の言葉に、久美子はぺこりと会釈を返す。話していて気づいたが、立華高校はマーチングへのプライドが非常に高いのに対し、座奏に関してはそこまでの強い自負心を持ってはいないようだった。彼女たちの演奏の根底にあるのは観客を楽しませるというパフォーマンス精神で、一般的な吹奏楽部と比べるとかなりプロに近い意識を持っているのではないかと思う。

　二年生部員の一人が、思い出したように言った。

「そういえば、黄前さんって北《きた》中出身やろ？　そしたらあれやん、トロンボーンの梓と同じ中学出身やん」

「そうなんです。梓とは友達で」

「へえ、じゃあ梓って、昔からあんな上手かったん？」

「上手いほうでしたね。練習熱心だったので」

　梓は麗奈のように突出した上手さはなかったが、それでも周囲の生徒と比較するとその実力はかなり高い水準にあった。いまの梓の実力を久美子は知らないため、目の前の先輩が言う「あんな」の基準はわからない。だが、それでも梓が昔からかなり上手い部類に入る生徒であったことは間違いない。よくよく考えれば、梓は一年生でありながら強豪の立華でコンクールのAメンバーに選ばれているのだ。ほかの部員から一目置《いちもく》かれているのは当然だろう。

「へえ、そうなんや。練習熱心って聞いて、納得って感じやわ。あの子の成長速度って、ちょっと異常なぐらいやから」

そう笑う彼女の声からは、後輩の梓に対する尊敬の念が感じられた。あとで梓に伝えておいてあげよう。はにかむ先輩の横顔を心のメモ帳に書き留めながら、久美子はこくりとうなずいた。

合同演奏会のステージは、普段のステージとは違っていた。広いステージの後方には緩やかな四段の階段があり、その上にもスペースがある。北宇治と立華は今回の発表で、一曲目、二曲目は階段の上で立った状態で演奏し、前方にある平たいステージでカラーガードがパフォーマンスを行う。そして三曲目の『シング・シング・シング』で立華の面々が階段から前方に移り、ステージドリルを行うことになっていた。

さすがに立華高校のように激しいステップを踏むことはできないが、北宇治高校も一曲目、二曲目では立華と同じように、その場で足を動かしたり楽器の向きを変えたりとパフォーマンスを行うことになっている。

ほかのパートの練習に目を向けてみると、緑輝が部員たちとともにガードの練習を行っていた。立華高校にもすっかり慣れたのか、彼女は同じくカラーガードを担当している立華の双子の部員と楽しげに話している。

「あ、久美子ちゃん！」

休憩時間の久美子を目ざとく発見し、緑輝はブンブンとこちらに手を振った。無視するわけにもいかず、久美子は緑輝のもとへと足を進める。

「あのね、緑のお友達やで」

にこやかに紹介する緑輝の横には、同じ顔をした二人の人間が立っていた。

「どうもどうも、西条《さいじょう》花音《かのん》だよ。気軽に花音って呼んでくれたまえ」

「美音《みおん》です。まあ、よろしく」

そろいのボブヘアに、そろいの練習着。見分けるのは難しそうだが、元気そうなほうが花音、ややとがった雰囲気なのが美音という認識でいいのだろうか。

「えっと、黄前久美子です。こちらこそよろしく」

「久美子ちゃんは梓ちゃんのお友達だよ」

緑輝の言葉に、二人は顔を見合わせた。ほほーん、と花音に値踏みするような視線を向けられ、久美子は曖昧な笑顔を浮かべる。

「な、なに？」

ずいと顔を近づけられ、久美子はとっさに後退した。途端、花音はニコリと破顔すると、久美子の肩を勢いよくつかんだ。なんて強引な子なんだ、と久美子は口元をひきつらせる。

「なんか久美子って、トラブルに巻き込まれるタイプの顔してんね！」

「あー、わかるー」

突然の花音の台詞に、後ろにいた美音が同意している。会ってまだ数分もたってないというのに、いったい何がわかるというのか。

こちらの困惑を気にする様子もなく、緑輝がにこやかに手を打ち鳴らす。

「立華にいっぱい友達ができてよかったね。久美子ちゃん」

「あ、うん」

久美子が真顔でうなずくと、なぜか花音と美音が噴き出した。ケラケラと愉快そうに笑う二人に、緑輝が首を傾げる。

「緑、なんか変なこと言うた？」

その問いに、花音が笑いながら首を横に振る。

「いや、北宇治ってキャラ濃い人多いなって思って」

目の前の二人も相当変わった人間であると思うが、どうやら本人たちにその自覚はないらしい。美音が目を細める。

「確かに、あの人も変わってたよね。ほら、あのスタイルのいい――」

「あ！　ダメ！」

美音の台詞を遮るように、緑輝が強引に彼女の口を塞いだ。その突飛な行動に、久美子も花音も目を丸くする。

「ど、どうしたの？」

思わずそう問いかけると、緑輝は美音の口から手を離し、ゴホンと軽く空咳《からぜき》をした。

「ちょっとね、美音ちゃんが秘密なことを話そうとするから」

「あ、アレ言っちゃダメだったんだ」

「うん！　まだダメ」

「そっか、ごめんごめん」

美音が軽く手刀を切る。秘密とはいったいなんのことなのだろう。好奇心を抑えきれずに口を開こうとした久美子の横から、また新しい人間が現れた。

「あ、梓ちゃんのお友達だ」

指を差す小柄な少女は、どこか緑輝と似ている気もする。ふわふわとした長い癖毛に、くりりとした瞳。水色のフラッグを手にした少女は、自分が言った言葉が恥ずかしかったのか、頬をうっすらと赤らめると慌てたように口を覆った。

「あ、ごめんなさい。いきなりしゃべっちゃって」

双子に比べ、ずいぶんと控えめな性格の子だ。気恥ずかしそうに目を伏せる少女に手を向け、緑輝がうれしそうに紹介を始める。

「この子はね、名瀬《なせ》あみかちゃん。梓ちゃんと同じトロンボーン担当やねんけど、今回はカラーガード担当やで」

「黄前久美子です。えっと、よろしくね」

「うん、よろしく」

えへへ、とはにかみながら会釈するあみかに、久美子の口元も思わず緩んだ。緑輝が誇らしげに告げる。

「あのね！　あみかちゃんはめっちゃ偉いの。初心者やのに、すっごくガードも上手やねんで」

「桃花《ももか》先輩の地獄の特訓のおかげだよね」

ニヤニヤと笑う花音に、あみかは照れたように頭をかいた。

「初心者だったら、葉月とも友達になれそうだね」

「うん！　あとで葉月ちゃんにも紹介してあげんねん。せっかくやし、いろんな子と仲良くなろうと思って！」

そう鼻息荒く決意する緑輝に、久美子は思わず苦笑した。この合同練習のあいだ、彼女はどれほどの数の友人を作るつもりなのだろうか。緑輝の積極的な性格が、久美子には少しうらやましくもあった。

　練習を終え、北宇治高校の部員たちは楽器を運搬したあとに帰宅することになった。麗奈はトランペット教室に行くために先に帰っていたので、久美子は一人ぼっちで京《けい》阪宇治《はんうじ》駅へと降り立った。時刻はまだ夕方だ。改札を抜けた途端に視界に滑り込んでくる夕日に、久美子はとっさに目をすがめた。

「あれ、今日は高坂《こうさか》おらんのや」

　馴染みのある声に振り返ると、トロンボーンケースを手にした秀一《しゅういち》がこちらに手を振っていた。付き合い始めてからは一緒に帰ることもめっきりなくなったが、ほかに北宇治の生徒もいないし、今日ぐらいはいいだろう。鞄《かばん》の持ち手を肩にかけ直し、久美子は秀一のほうを見やる。

「珍しいね。楽器持って帰ってるなんて」

「まあ、いろいろあってさ」

「いろいろって？」

　はぐらかすことを許さないとばかりに久美子が追及すると、秀一は少し困ったように目を逸《そ》らした。それでも辛抱強く言葉を待っていると、彼は堪忍したようにため息をついた。

「いや、そんなたいした話じゃないねんけど、今日の練習でさ、佐々木がめっちゃ上手かったから」

「どういうこと？」

久美子は首をひねった。梓が上手いなんて、最初からわかっていることじゃないか。こちらの反応に、秀一が首を横に振る。何も理解できていないとでも言いたげだ。

「ちげーんだって。佐々木さ、アイツやべーよ」

「何がやばいの？」

「いっぺん音聞いたらわかるわ。……お前、合奏のときのトロンボーンの席順見たか？」

「見てないけど」

トロンボーンの場合、基本的に席順はファーストが中央に、パートの末尾はより外側に配置される。座席がどうなっていたかまで実際には確認していないが、今回の演奏会でもその並び順で座っているのだろう。

いやさ、と秀一が声を潜める。

「アイツ、一年のくせにいちばん中央に座ってた。しかも、立華の先輩らもなんも文句言わへんし、なんかいつものことって感じやった。俺さ、確かに中学時代も佐々木って上手いヤツやなあとは思っててんけど、今日の練習で久しぶりにアイツが吹いてる音聞いたら、完全に別物になってた。下手《へた》したら高坂に匹敵するんとちゃうかなって――」

「そんなわけない。麗奈のほうがすごいもん！」

飛び出た声は、思いのほか強い響きを持っていた。こちらの剣幕に気圧《けお》されたように、秀一がビクリと肩を揺らす。

「そんな怒るなよ」

「怒ってない！」

大股で歩き出した久美子の手を、秀一がつかむ。振り返ると、途方に暮れたような表情で秀一がこちらを見ていた。

「悪かったって」

「……べつに、秀一は悪いことなんてしてないじゃん」

「いや、そうやけどさあ」

面倒くさい女だな、と自分でも思う。こちらの反応に、秀一はますます困ったように眉尻を下げた。久美子は一度大きく息を吐くと、それから秀一の手を取った。秀一の手は、久美子のそれに比べてなんだかごつごつとしている。

「本当に、怒ってないから」

そう久美子が告げれば、「おう」と秀一は短い言葉を返した。手をつないだまま、それから二人は無言で歩いた。その沈黙が苦でなかったのは、汗ばむ秀一の手が温かかったからかもしれない。

翌日、パート練習室の扉からみぞれがひょっこりと顔を出した。

「……用事」

手招きされ、久美子は慌ててそちらに駆け寄った。彼女が差し出してきたのは、封筒に入った定期演奏会の録画データだった。記録係の保護者が撮影してくれたものだ。

「これ、あげる。あのときはありがとう」

「あ、いえ、こちらこそありがとうございました」

封筒を受け取ると、茶色の紙がガサガサと音を立てた。うつむいていたみぞれが、無表情のまま言葉を紡ぐ。

「私一人じゃ、無理だった」

「そんなことないですよ。みぞれ先輩、なんだかんだ言っていろいろなことをやってくれたじゃないですか」

「そう？」

「そうですよ」

久美子のフォローに、みぞれはその表情をわずかに和らげた。彼女は指先で髪をすくうと、色素の薄い耳にそれをかけた。伏せられた瞼《まぶた》がぴくりと震え、その細い睫毛《まつげ》が小さく上下する。

「明日、卒業式」

「そうですね」

「寂しい？」

コトリと首を傾げるみぞれに、久美子は思わず頬をかいた。寂しくない。そう言えば、きっと嘘《うそ》になる。

「そりゃあ、寂しいですよ。三年生がいなくなっちゃうなんて」

「……私も」

久美子の言葉に同意するように、みぞれがゆっくりとした動きでうなずいた。薄桃色の唇をやわく結び、彼女は静かに廊下の先へと目を向ける。楽器室から出てきたのは、フルートパートの傘木希美《かさきのぞみ》だった。

「あすか先輩は、本当にすごい人だったから」

みぞれがしみじみとつぶやく。こちらの存在に気づいたのか、希美が大きく手を振っている。小さく手を振り返すみぞれの傍らで、久美子は慌てて会釈した。

「ほんと、すごい人でしたよね」

明日の卒業式を迎えれば、あすかがこの学校に来なければならない理由はなくなる。結局、あすかが引退式のあとに部活に顔を出したのは、定期演奏会前のあのときだけだった。合同演奏会のためにたびたび部活にやってくる小笠原や香織と違い、まるで一線を引くかのごとく、あすかは久美子たちの前に姿を現さなくなった。

「卒業式、嫌だなあ」

ぽろりと漏れたつぶやきは、無意識のものだった。手渡された封筒がくしゃりと手のなかで音を立てる。みぞれは一度大きく瞬《まばた》きし、それから静かに首を縦に振った。

卒業式は、本当にあっという間に終わってしまった。涙ぐむ三年生の近くでは、吹奏楽部の副顧問である松本美知恵《まつもとみちえ》が号泣していた。普段は厳しい彼女だが、こうした場面ではとても涙もろいのだ。

その後の合奏練習を終え、久美子はぼんやりと廊下に立ち尽くしていた。手のなかにある古ぼけた一冊のノートは、あすかから手渡されたものだった。もう、あすかはここにはいない。卒業とは、そういうことなのだ。毎日顔を合わせていた人間とだって、いつかは疎遠になっていく。その一日目が、今日だった。ただ、それだけのことなのだと、頭では理解できていた。だけど、それでもやはり胸に込み上げる寂しさを、久美子はごまかすことができなかった。

「久美子、一緒に帰ろ」

背後から肩を叩《たた》かれ、久美子は慌てて目元を拭った。振り返ると、麗奈が少し驚いたように目を見開いた。

「どうしたん？」

「なんでもない」

かぶりを振る久美子に、麗奈はそれ以上の追及をしなかった。彼女のしなやかな指が、そっとトランペットケースを持ち上げる。彼女はそれを久美子の胸前に突きつけると、穏やかな声音で言った。

「楽器、一緒に練習しよ」


京阪宇治駅を降り、久美子と麗奈は河川敷へと向かった。練習を終えたのは十八時前だったというのに、そのころにはすでに日は暮れていた。ようやく目的の場所にたどり着き、久美子はユーフォニアムの楽器ケースを地面に置いた。

「あー、重かった」

手をひらひらと振りながらベンチに腰かける久美子に、麗奈は少し呆れたように笑った。彼女はトランペットだから、ユーフォニアムを運ぶ大変さがわからないに違いない。

麗奈は素早い動きで準備を終えると、まっすぐに背を伸ばし、楽器に息を吹き込んだ。伸びる高音に、久美子は目を細める。

「久美子も早く」

「あ、うん」

久美子が慌てて楽器を出す傍らで、麗奈は軽やかに指を動かす。彼女の指先がピストンの上を滑るたびに、トランペットの高音は滑らかに変化する。

久美子が支度を整えたのを確認し、麗奈はなんでもない口ぶりで言った。

「『ノアの方舟』の最初のソリ、やるから」

「えっ」

「ほら、早く」

チューニングを終えたばかりの久美子を、麗奈が急《せ》かす。譜面はすでに頭に入っていた。目と目を合わせ、久美子は小さくうなずく。その合図に、麗奈が大きく息を吸い込んだ。

トランペットの美しい旋律を追いかけるように、ユーフォニアムが柔らかに音を響かせる。輝かしい高音が宇治川の表面を滑り、遠い彼方へと消えていく。麗奈の呼吸のタイミング。それを肌で感じながら、久美子はそのあとを追いかける。麗奈に置いていかれないように、神経を研ぎ澄ませる。世界から音が消滅し、久美子の意識には麗奈のトランペットの音色だけが残った。互いの旋律が絡みつき、夜の空気へとにじんで消える。麗奈と目が合う。その瞳が柔らかにゆがんだ瞬間、久美子は自身の胸のなかに途方もない幸福感が突き上げてくるのを感じた。世界からすべてが消えても、麗奈さえいればそれでいい。そんな気すらした。

ソリ部分が終わり、麗奈がマウスピースから口を離した。その瞬間、先ほどまでの夢のような時間は久美子の目の前で跡形もなく消え去った。は、と久美子は短く息を吐き出す。手のなかにあった幸せの残骸が、指の隙間から音もなくこぼれ落ちていく。少し離れた場所からは、下校中の学生たちの無邪気な話し声が聞こえていた。

「やっぱ、久美子と吹くの、めっちゃいい」

そう言って、麗奈は笑った。なんだか気恥ずかしくなって、久美子はうつむいた。

「そうかな」

「うん」

うなずき、麗奈が久美子の肩に身体を寄せた。

「アタシ、久美子と一緒にソリやりたい」

ごくりと唾を飲む。無意識のうちに、久美子はユーフォニアムを抱き締めていた。

「そりゃ、私もやりたいけど――」

「あれ、久美子と麗奈やん！」

久美子の声を遮るように響いたのは、耳馴染みのある声だった。振り返ると、トロンボーンを手にした梓がこちらに近づいてくるところだった。黒髪を高い位置でひとつに結っている彼女の見た目は、中学時代のものとほとんど変わらなかった。

「久しぶりだね」

思わず笑みをこぼす久美子に、梓がニカッと白い歯を見せて笑った。背負っていた楽器のソフトケースを下ろし、ふう、と梓は短く息を吐いた。

「練習時間だけじゃ物足りひんから宇治川で練習しようと思ってんけど、まさか二人がいるとは思わへんかったわ。さっきの曲、『ノアの方舟』のソリやろ？ 二人ともソリ狙ってんの？」

「もちろん」

麗奈が即答する。そうなんや、と梓は愉快そうに目を細めた。

「うちも一緒に吹いていい？ なんかこうやって一緒に吹くの、めっちゃ懐かしいよな。中学のころに戻ったみたい」

こちらが返答する前に、すでに梓は楽器の組み立てを始めていた。ちらりと麗奈のほうを見やると、彼女は真剣な面持ちで梓の手のなかにある金色のトロンボーンを凝視していた。母親から買ってもらったという彼女のトロンボーンは、手入れが行き届いているせいか、新品同然のように見える。

こちらの視線に気づいたのか、楽器を構えようとしていた梓がひらりと手を振った。

「ちょっとー、そんなじろじろ見んといてよ。なんか照れるやん」

「あ、ごめんごめん」

無意識のうちに久美子まで梓を見つめていたようだ。そう言われてもなお、麗奈は梓の一挙手一投足を見逃さんとでもするようにその視線を固定している。麗奈がこうして他人に興味を持つことは珍しい。いったいどうしたのだろうか。そんな久美子の疑問は、次の瞬間に解消された。

梓がマウスピースに息を吹き込む。ウォーミングアップのつもりで紡がれたのであろう軽やかな旋律は、濁りのない澄んだ音色をしていた。耳をくすぐる音のあまりの美しさに、久美子は一瞬呼吸を忘れた。スライドが滑らかに滑り、細長いベルから放たれた音の粒たちは、変幻自在にその姿を変化させる。

——佐々木さ、アイツやべーよ。

先日の秀一の台詞が、唐突に久美子の脳裏をよぎる。中学時代から、梓は確かに優秀なトロンボーン奏者だった。だけど、ここまでじゃなかった。こんなふうに、学生のレベルを飛び越えたような実力では決してなかった。心臓が痛い。口のなかが、なぜだかカラカラに渇いていた。信じたくない現実が、そこにはあった。

——下手したら高坂に匹敵するんとちゃうかなって。

無意識のうちに、久美子はごくりと唾を飲み込んだ。いつの間にこんなことになっていたのだろう。たった一年のあいだに、梓の身にいったい何が起きたのか。

「佐々木さん、」

傍らにいた麗奈が、一歩足を踏み出す。ぴかぴかと輝くトランペットを抱えたまま、彼女はまっすぐに梓のほうを見た。楽器を下ろし、梓が首を傾げる。

「そんな怖い顔してどうしたん？」

「ソロ吹いて」

「ソロって？」

「第三楽章のトロンボーンソロ、吹いてみて」

「えー、何いきなり」

「いいから」

麗奈の剣幕に押し切られるように、梓は苦笑しながら楽器を構えた。肩幅に足を開き、それから大きく深呼吸する。その横顔に、緊張の気配はない。

「じゃ、吹くで」

唇を引き締め、梓はスライドの先端を川へと向けた。その唇が、マウスピースへと鋭く息を吹き込む。

嵐を予感させる、勇ましい音。金色のベルが吐き出した音色は、先ほどとは対照的に、重々しさを感じさせるものだった。アッペルモントの『ノアの方舟』は、旧約聖書に記述されているノアの物語をモチーフに作曲された。第三楽章の「嵐」ではウインドマシーンによって暴風の音が再現される。激しい風のなかを突き進むような、力強いトロンボーンのソロが響く。その表現力に、久美子は圧倒された。身がすくむほどの鋭さを含んだ音色。暗雲が立ち込め、黒い海面が大きく揺らぐ。そこに所在なく浮かぶ方舟の情景が、久美子の脳内に立ち上がった。

堪えられないというように、麗奈が楽器を構える。トロンボーンのメロディーを引き継ぐように、烈《はげ》しい音の塊がトランペットから吐き出される。ふたつの楽器が奏でる音楽には、こちらの皮膚を焼くような緊迫感が漂っていた。先ほどの久美子との演奏とはまるで違う、息が詰まりそうになるほどの真剣さ。無意識のうちに、久美子は自身のユーフォニアムを抱き締めていた。湧き上がる疎外感が、久美子の心臓をキリキリと強く締め上げる。

「……ふう、」

第三楽章の最後の小節まで吹き切り、梓はそこでようやくマウスピースから唇を離した。楽器を下ろし、彼女はどこか気恥ずかしそうな表情で麗奈を見る。

「びっくりしたわ、いきなり入ってくるから。なに？　もしかして聞いてたら我慢できひんくなった？」

からかい混じりの問いかけに、麗奈はわずかにその頬を赤らめた。トランペットを手にしたまま、彼女は小さく肩をすくめる。長い黒髪が、風に乗って大きく翻る。麗奈はまっすぐに梓の目を見つめたまま、噛《か》み締めるように言葉を発した。

「佐々木さん、めっちゃ上手くなったな」

その発言だけを切り取ると、上から目線のように感じるかもしれない。しかし興奮を隠せない声音からは、それが麗奈の本心であることがうかがえた。久美子はそっと目を伏せる。梓は、各段に上手くなっていた。中学時代の面影は、もうそこには存在しない。

「えー、麗奈に褒められるとか照れるわ。お世辞とかやめて。恥ずかしいから」

照れをごまかすように、梓が頬をかく。麗奈は静かに首を横に振った。

「お世辞ちゃうって。ほんまに、たった一年でびっくりするぐらい上達してる。な、久美子もそう思うやろ？」

「え、あ、うん」

唐突に話を振られ、久美子は慌ててうなずいた。純粋な称賛に、梓ははにかむような笑みを見せた。

「まあ、もしうちが上手くなってるんやとしたら、たぶん先輩のおかげやろな。なんせこの一年、いろいろとありましたから」

「いろいろって？」

「いろいろは、いろいろ」

はぐらかすようにそう言って、梓が再び楽器を構えた。その笑顔があまりにまぶしくて、久美子はとっさに目をすがめた。

「ほら、もう一回吹こ。久美子も入ってさ」

梓に促され、久美子は麗奈を一瞥《いちべつ》した。麗奈はすでに楽器を構えようとしている。並ぶ二人の背丈は、ほとんど変わらない。外灯に照らし出され、地面へと伸びる二人の影はまるで当然のような顔をして隣り合って並んでいた。

梓の澄んだ瞳が、久美子を捉える。立ち尽くす久美子の意図が理解できないとでもいうように、その頭がコトリと傾いた。

「どうしたん?」

その唇から発せられる声は、久美子の記憶のなかの梓とぴったり同じものだった。明るくて、他者への気遣いにあふれている、彼女のよく通る声。だけど、いまだけはそれを聞いていたくなくて、久美子はかぶりを振った。

「ごめん、そろそろ帰らないといけないから。先に帰るね」

「え?」

麗奈の不思議そうな声に応じることなく、久美子は楽器をケースへと押し込んだ。梓がニカッと無邪気な笑顔を浮かべる。

「じゃあ、また練習のときに会おうな!」

「……うん」

バイバイ、と大きく手を振られ、久美子も手を振り返す。麗奈は探るような視線をこちらに寄越していたが、久美子が手を振ったのを確認すると、観念したように別れの言葉を口にした。

重い楽器ケースを右手に提げ、久美子はずんずんと道を突き進む。歩幅を大きくし、一歩一歩を踏み締めるように足を動かす。その背後からは、トロンボーンとトランペットの音色がいまだに聞こえていた。きっと、梓と麗奈が演奏しているのだ。そう思うと胸が苦しくなって、久美子はますます歩みを速めた。

ショックだった。いまの自分の心情を素直に表現すれば、きっとそんな陳腐なものになるのだろう。梓がただ上手くなったというだけならば、久美子だってここまで心をかき乱されたりはしなかった。中学生のころから、梓は向上心あふれる人間だった。強豪校である立華高校で真摯に練習に取り組んでいれば、中学のころよりさらに腕前が磨かれるのは当然だ。久美子が衝撃を受けたのは、梓が上達していたという事実そのものではない。彼女が麗奈と肩を並べるほどの奏者になっていたことが、ショックだったのだ。

楽器が重い。ケースの取っ手が手のひらに食い込み、右腕全体がだるく感じる。それを緩和させようと、久美子は楽器を両腕で抱え込んだ。

「……はあ、」

足を止め、久美子は楽器ケースをコンクリートの地面の上に置いた。時計を見ると、すでに夜の七時を過ぎている。母親はきっと食事の支度を終えているだろう。いつまでもここに居座るわけにはいかない。そう頭ではわかっているのに、足が動かなかった。あじろぎの道に設置された木製のベンチに腰かけ、久美子は静かに息を吐き出した。

久美子にとって、麗奈は特別な存在だった。彼女の演奏は誰よりも上手くて、その背中を追いかけようとは思っても、同じレベルになりたいなどという大それたことを考えたことはない。与えられた環境から考えても、麗奈はほかの人間とは違う。そう、初めから思い込んでいた。だからこそ、梓の演奏を聴いて、久美子は衝撃を受けたのだ。まるで当たり前という顔で、梓は麗奈の隣に並んだ。隣に立ちたい、対等になりたい。麗奈に対してそんな願望を持っていいのだということに、久美子はこのとき初めて気がついた。

「……特別か、」

鞄を開け、古ぼけたノートを取り出す。あすかからもらった、とても大切なものだ。ページを開き、久美子はそこに書かれた譜面の一節を口ずさんだ。温かな、美しいメロディー。この曲を聴くたびに、自分は卒業した三年生の姿を思い出すのだろう。

「こんなとこで何やってんだよ」

背後からかけられた声に、久美子はとっさに自身の口を両手で押さえた。おそるおそる振り返ると、そこには呆れた顔をした秀一の姿があった。その手には、黒のトロンボーンケースが提げられている。

「うわっ。なんで秀一がここに」

「なんやその言い方。俺、毎日ここ通って学校に行ってるんやけど?」

「あー、はいはい」

秀一は断りもなしにベンチを大股でまたぐと、そのまま久美子の隣に腰かけた。トロンボーンケースを置き、彼は「あー」と不明瞭な声を発する。ノートを鞄にしまい込み、久美子は目だけを隣に向けた。

「楽器持ってたってことは、練習してたの?」

「まあな。お前もユーフォ持ってるってことは、練習してたんやろ?」

「まあね」

「ソリの練習?」

「秀一はソロの練習してたの?」

質問を質問で返すと、秀一は眉間に皺を寄せた。太ももに肘をつき、頬杖をついたまま彼は大きくため息をついた。

「してたよ」

「へえ」

「なんやその反応」

「べつに」

久美子は川の向こうを一瞥する。トロンボーンとトランペットの音色は、もう聞こえなくなっていた。二人ともすでに帰宅したのだろう。

「俺さ、」

秀一が口を開く。そこで途切れた声を不審に思い、久美子は首をひねって秀一のほうに顔を向けた。視線を感じ、久美子はとっさに目を逸らす。秀一の大きな手が、自身の太ももをつかんでいる。まるで、逃げ出しそうになる足を無理やり押さえ込むみたいに。

「俺、べつに、自分がほんまにソロになれるとは思ってへんで」

「じゃあ、なんで練習してんの」

「吹きたいから」

あっけらかんとそう言い放ち、秀一はへらりと気の抜けた笑みを浮かべた。

「お前だって、吹きたいから練習してたんやろ？」

「……うん」

ためらいのあと、久美子は素直にうなずいた。自身の足元には、まるで寄り添うみたいに黒の楽器ケースが置かれている。長年使われているせいか、その表面にはいくつもの細かな傷が見えた。太ももの上に置いた鞄を抱き寄せ、久美子は静かに問いを口にした。

「秀一は、私にできると思う？」

「思う」

即答だった。そろりと顔を上げると、いまだこちらを見ている秀一と目が合った。その眼差《まなざ》しの柔らかさに、久美子は自身の頬が見る間に熱を帯びるのを感じた。秀一の手が伸びる。思わずぎゅっと強く目をつぶった久美子に、秀一は可笑《おか》しそうに笑った。その手のひらが、久美子の頭をくしゃりとなでる。

「お前ならできる」

優しさにあふれたその声音に、久美子の心臓はドクリと高く跳ね上がった。動きを制止させた久美子に、秀一はまたしてもくすりと笑った。

「なんだよ、その顔」

なんだよってなんだ！　と、内心で叫びながら久美子は秀一の手をはねのけた。鞄を強く抱き締め、久美子は勢いよく立ち上がる。

「あー、もう！　秀一のくせに！」

「はあ？　いきなりどうした」

「なんでもない！」

不思議そうに首をひねる秀一を放置し、久美子はそのまま大股で歩き出した。右手に提げたユーフォニアムは相変わらず重く、地面から持ち上げた瞬間にその存在感をひしひしと皮膚越しに感じた。お前ならできる。先ほどの秀一が、勝手に脳内で繰り返される。

「おい、待てって」

後ろから慌てた様子で秀一が追いかけてくる気配がする。だけど、久美子がその声に振り返ることはなかった。その理由は単純で、いまだに真っ赤なままの自分の顔を恋人に見せるのが恥ずかしかったからだった。


メトロノームの錘《おもり》を動かし、適切なリズムに調整する。カチカチと一定のリズムで鳴り続けるその音に合わせ、久美子は大きく息を吸い込んだ。唇を震わせると、マウスピースがビリビリと振動する。三学期最後の授業は今日で終わり、明日からは春休みになる。たっぷりと与えられた放課後練習の時間を、久美子はパート練習の教室で自主練習に充てていた。ここ数日、久美子は重点的に同じ箇所を練習している。

『ノアの方舟』の第一楽章である「お告げ」の冒頭のソリ部分は、ゆったりとして穏やかな旋律だ。速いテンポなわけでも、高音域の音を出す必要もない。フレーズの難易度だけで考えると、決して難しいものではない。ここでユーフォニアムに求められている役割は、いかに美しい音色を聞かせるか、だ。

「えらい張り切ってるなあ」

不意に譜面に落ちた影に、久美子は思わず顔を上げた。金色のユーフォニアムを抱えた夏紀が、久美子の前の机に腰かけていた。彼女は譜面をのぞき込むと、感心したようにうなずいた。

「ソリのとこ、そういやトランペットと一緒やったな」

「あ、はい。そうなんです」

「ソリ、吹きたいん？」

こちらを見下ろす夏紀の視線が、まっすぐに久美子の瞳を貫く。普段はあまり見られないその真剣な表情に、無意識のうちに久美子はごくりと喉を鳴らした。手のなかにあるユーフォニアムを構え直し、久美子ははっきりと首を縦に振る。

「はい。吹きたいです」

口から発した声を、自分の耳が拾い上げる。その声の力強さに、久美子は自分でも驚いた。

夏紀はその声に目を見開くと、それからにんまりと目を弧にゆがめた。口端が持ち上がったのに合わせ、ややとがった犬歯がチロリとのぞく。

「じゃあ、頑張ってる後輩に優しい先輩がとっておきのアドバイスをしたげるわ」

「アドバイスですか？」

夏紀には不似合いな単語に、久美子は思わず首を傾げた。高校に入ってから楽器を始めたことがコンプレックスだったのか、夏紀が久美子に対して演奏面で助言をくれたことはほとんどない。夏紀は悪戯《いたずら》を企てる子供のようににやりと笑うと、物知り顔で窓の外を指差した。

「最近さ、夜の学校に出るらしいで」

「出るって、何がです？」

「ヒトダマ」

「はい？」

告げられた言葉の意味が理解できず、久美子は思わず夏紀の顔を凝視した。ヒトダマというのはあれか。昔の怖い話に出てくる、謎の火の玉のことか。いったいなぜ目の前の先輩はそんな非科学的な話をし始めたのだろう。

疑念が思い切り顔に出ていたのか、夏紀がわざとらしく顔をしかめた。チッチッ、と人差し指を振る姿は、卒業したあすかのものとよく似ていた。

「日が沈んで暗くなったころ、裏庭で謎の青白い光がクルクルって不思議な動きをしながら飛んでいるのが目撃されてるんやって」

「は、はあ」

「気になるやろ?」

「いやまあ、気になりはしますけど、それの何がアドバイスなのかがイマイチよくわからないというか、」

「正体、知りたいと思うやんな?」

指の先端を鼻先に突きつけられ、久美子は不承不承にうなずいた。

「……確かに、何かなとは思いますけど」

「じゃ、調査は頼んだ」

「いやいやいや、なんでですか!」

久美子が抗議の声を上げたところ、背後からガタリと勢いよく椅子が引かれた音がした。驚いて振り返ると、なぜか葉月が片手を上げて立ち上がっていた。

「ハイハイハイ! 夏紀先輩、うちも調査したいです!」

「じゃ、葉月も久美子に付き合ってやって。本番前やし、夜まで居残り練習が許されてるから、明日とか、見に行くにはちょうどええタイミングなんちゃう?」

誘導があからさますぎる。目の前の先輩は、自分たちに何をさせたいのだろう。不審に思う久美子とは対照的に、葉月は能天気に笑っていた。

「もう、久美子は怖がりやねんから。大丈夫やって、うちがついてるから」

「怖がりじゃないよ」

「そんなこと言うて、文化祭のお化け屋敷で相当ビビってたらしいやん」

まさかの反論に、久美子は口をつぐんだ。誰が話したのだろう。麗奈だろうか。

「でも、ほんまにいいんですか？　緑、やめたほうがいいと思いますけど」

制止の声を上げたのは、意外なことに緑輝だった。コントラバスを床へと置き、彼女は両手を腰に当てると、とがめるような視線を夏紀に送った。普段ならばこうした話題に嬉々《きき》として食いつくようなイメージがあったのだが、どうやらヒトダマ探しは緑輝の好奇心をくすぐらなかったようだ。夏紀がひらひらと軽く手を振る。

「まあまあ、大丈夫やって」

「でも、秘密って言ってはったし……」

「どうせ合同練習が本格的に始まったらバレんねんから問題ないって。そんなに言うならアンタも一緒に行ってやりいな」

夏紀の台詞に、緑輝は考え込むように「うーん」とうなり声を上げた。二人の会話を聞くに、何やら緑輝は事情をつかんでいるようだ。夏紀先輩はいったい何を企んでいるのだろう。黙り込む緑輝を久美子がじっと観察していると、何かを決心したかのように、突如として緑輝は顔を上げた。

「わかりました。緑、二人についていきます！」

そう鼻息荒く宣言する緑輝に、夏紀はニヤリと満足げな笑みを浮かべた。


春休み一日目。練習は十八時に終わったが、本番前ということで特別に二十時過ぎまでの自主練習が許可されている。麗奈はトランペットの教室があるということで先に帰ってしまったが、音楽室にはいまだに何人かの生徒が残って練習を行っていた。

時刻は十九時。久美子、葉月、緑輝の三人は、昨日の会話どおりヒトダマ探しのためにわざわざ裏庭へと向かっていた。三月であるせいか、十九時を過ぎたころには辺りはもう真っ暗だ。

「うわ、夜の学校ってなんか不気味やなあ」

下校時刻を過ぎていることもあり、校舎にはほとんど灯《あか》りがついていない。非常灯の緑色の光を頼りに廊下を歩いていると、葉月がげんなりとした様子でそうつぶやいた。

「っていうか、夏紀先輩って私たちに何をさせたいんだろうね」

「そりゃあヒトダマ探しちゃう？」

「さすがにそれはないと思うけど」

久美子と葉月が言葉を交わす傍らで、緑輝は一人黙り込んでいた。足を進めながら、久美子は首を傾げる。

「緑さ、今日はなんか様子がおかしくない？」

「そ、そう？　久美子ちゃんの気のせいちゃうかな」

「夏紀先輩ともなんか意味深な会話してたし。もしかして緑、最初から全部知ってるんじゃ——」

「あ！　なんやアレ！」

久美子の言葉を遮るように、葉月が窓の外を指差しながら叫んだ。視線をやると、窓ガラスの向こう側で青白い光が激しく飛び回っているのが見える。

「ヒトダマ発見やな！」

そう嬉々として叫びながら、葉月が裏庭に向かって駆けていく。その躊躇《ちゅうちょ》のない足取りに、久美子は思わず苦笑した。本当にヒトダマだったらどうする気なのだろう。

「ほら、久美子ちゃんも早く」

横にいた緑輝が、強引に久美子の手を引っ張った。その勢いに押され、久美子はしぶしぶ葉月のあとを追った。

裏庭は車が通れるようにアスファルトで舗装されていた。上履きのまま校舎の外に出た三人は、先ほど見た青白い光を目指して進む。

「うーん、さっき見えたのってここらへんやったと思うねんけどなあ」

葉月が先ほどから必死に頭を左右に振っているが、光の玉はすでに見えなくなっていた。

「別の場所に移ったんかなあ」

「そうかもしれないね。探してもいないみたいだし、もう帰ろっか」

「いやいやいや、うちはまだまだ諦めへんで！」

さりげなく帰宅を促してみるが、葉月はいまだにヒトダマ探しに意気込んでいる。彼女はこうしたイベントごとが大好きなのだ。

「緑は何か心当たりある？」

そう久美子が隣にいた緑輝に尋ねようとしたその刹那、首筋にひやりと冷たい感覚が走った。

「ひゃっ」

とっさに振り返ると、目の前にはだらりと垂れた長い黒髪。自身の肩をつかむ手のひらの感触は確かなもので、久美子はそれを追い払うようにブンブンとがむしゃらに腕を振った。その拍子にバランスを崩し、久美子はその場で勢いよく尻もちをついた。

「だ、大丈夫？　久美子ちゃん」

緑輝の驚いた声が聞こえる。ヒトダマを探しに行っていた葉月が、騒動を聞きつけてこちらに駆けてきた。

「なんか変な叫び声が聞こえたけど大丈夫──って、ええっ、あすか先輩！　なんでここに？」

葉月の台詞に、久美子は思わず顔を上げる。

「え、あすか先輩？」

「気づくの遅すぎちゃう？」

そうからかうような笑い声を上げながら、目の前の相手は長い髪をかき上げた。闇に慣れつつある両目が、その顔を徐々に認識する。いつもの赤縁メガネに、すごみすら感じさせる整った容貌。呆気に取られている久美子に、あすかは茶目っけたっぷりな笑顔を見せた。

「いやあ、久美子ちゃんがお化けが怖いって情報はほんまやったんやね。ナイスリアクションで大満足やわあ」

そういえば文化祭のときもこんな目に遭ったような気がする。久美子はスカートについた砂埃《すなぼこり》を手で払うと、ゆっくりと立ち上がった。こちらを見下ろしているあすかは、制服ではなく黒のジャージを身にまとっていた。どうりで見えにくいわけだ。

「それで？　君たちはなーんでこんなところにいるんかなあ？」

「うちら、ヒトダマ探しに来たんです」

「ヒトダマぁ？」

予想外の答えだったのか、葉月の返答にあすかは呆れたように肩をすくめた。高校生にもなってヒトダマの存在を信じていると思われるのも恥ずかしかったので、久美子は言い訳のように補足を加える。

「あの、夏紀先輩に言われたんです。裏庭にヒトダマが出るらしいから、探しに行ってこいって」

「ふうん、夏紀がねえ」

思うところがあるのか、あすかは指で顎をさすった。久美子は先ほどから抱いていた疑問をぶつけてみる。

「ところで、あすか先輩はこんなとこで何してたんです？」

「ん？　練習」

「練習ってなんのですか？」

「そんなん、立華との合同演奏会のための練習に決まってるやん」

な、緑ちゃん。と、あすかが緑輝の肩を抱く。話を振られた当の本人は、うろたえた様子で顔を赤くした。

「先輩、参加することバラしちゃっていいんですか？」

「いいのいいの。どうせここで会っちゃったら隠すのも無理やろうし」

何やら通じ合っている二人に、久美子と葉月は互いに顔を見合わせた。緑輝は嘘がばれてしまった子供みたいに、もじもじと人差し指をこすり合わせた。

「久美子ちゃんも葉月ちゃんも、秘密にしててごめんね。あすか先輩に秘密にしろって言われてて……」

申し訳なさそうな謝罪の言葉に、久美子は首をひねった。

「そもそも、なんであすか先輩は秘密にしてたんですか？　隠すようなことでもないと思うんですけど」

「えー、だって秘密にしてたほうが面白いやん。せっかくやねんし、サプライズしてあげようと思って」

「そんなサプライズいらないですよ」

「それに、卒業式でうち、ちゃんと言ったやんな？『またね』って。あのとき、久美子ちゃんってば『さようならって言いたくないです』って、目、真っ赤にしちゃってさあ」

「だ、だって、先輩とお別れだって思ったら、なんか、本当に悲しくて、」

「はいはい。久美子ちゃんがうちを大好きってことはとっくに知ってるから」

久美子の言葉を茶化すように遮り、あすかはヒラヒラとその手を振った。その頬が微かに赤いところを見るに、もしかしたら照れているのかもしれない。

　葉月がうれしそうに両手を合わせる。

「先輩もイベントに参加しはるってことは、これから本番まで一緒に練習できるってことですよね？　先輩がユーフォ吹くとこ見るの、めっちゃ久しぶりでうれしいです」

「いや、悪いけどそうじゃないねん」

　はしゃぐ葉月を手で制し、あすかは仰々しい動きで額を抑えた。

「残念なことに、うちは今回、ユーフォは吹かへんねんか」

「えっ、そうなんですか」

「そうやねん。これで出るから」

　そう言って彼女が掲げるようにして見せたのは、半透明のバトンだった。白い棒の先端には、星形の装飾がついている。あすかがバトンについたボタンを押すと、その先端部分が青白くぴかぴかと光り出した。サンフェスのときに見せた手さばきで、あすかは器用にそれを右手でくるくると回してみせた。規則的な光の動きは、まさしく先ほど久美子たちが目にしたものだった。葉月が前のめりになって叫ぶ。

「あ、これさっきのヒトダマじゃないですか！」

「残念ながら、ただの電飾やけどな」

　高く放り投げられたバトンが、まるで吸い込まれるようにあすかの手のなかに落下する。その様子を眺めていた緑輝が、なぜか誇らしげに胸を張った。

「あすか先輩は前から緑たちと一緒に立華高校の人たちとステップの練習してはったんやで。緑たちはカラーガード担当やねんけど、あすか先輩と向こうのドラムメジャーの先輩はバトンを担当してはんねん。二人が並んでるところ、ほんまカッコいいねんなあ。緑、いまから本番が楽しみ！」

　無邪気に笑う緑輝に、久美子はなんだかどっと全身の力が抜けるのを感じた。いまだにピカピカと光り続けているバトンを脇に挟み、あすかは笑いながら久美子の肩を軽く叩く。

「そういうわけやから、本番は夏紀と二人でユーフォを頑張りたまえよ」

「その点は大丈夫ですよ！　久美子ちゃん、ここのところずっとソリの練習頑張ってましたから。あすか先輩もきっといまの久美子ちゃんの演奏を聞いたら感心すると思います！」

「確かに、ずっと頑張ってたもんな」

　手放しに称賛されると、どう反応していいかわからなくなる。なんだか気恥ずかしくなって、久美子は両手で自身の頬を挟み込んだ。

「そんなに褒められるほどのことはしてないよ。二人だってずっと頑張ってるし」

本番が近いいま、部員たちは毎日のように熱心に練習に励んでいる。久美子だけが特別頑張っているというわけではないはずだ。

「ふーん、なるほどね。久美子ちゃんはいまソリの練習で一生懸命なんか。夏紀がここに誘導するわけやな」

話を聞いて合点がいったのか、あすかがぽんとその手を打った。

「わかった。じゃあ、明日からあいてる時間にうちが久美子ちゃんに特別レッスンしてあげるわ」

予想外の提案に、久美子は身をのけ反らした。

「えぇっ、いいんですか？　だって先輩、受験もあるし……」

「エー、それいまさら気にする？　試験自体はとっくに終わってるし、あとは結果を待つだけやから大丈夫。それに、隠れて練習してることもバレちゃったしな。明日からは堂々と部活に行くわ」

「おぉ！　あすか先輩がついに低音パートに復帰ですね！　緑、めっちゃうれしいです！」

パチパチと拍手する緑輝と葉月に、あすかは満更でもない顔で応えている。フレーム越しにのぞき見える明眸《めいぼう》が柔らかに細められた瞬間、久美子は自身の心臓がギクリと跳ねるのを感じた。なんだか、とても奇跡的なものを見たような気がして。

「先輩、」

「ん？」

久美子の呼びかけに、あすかが小首を傾げる。その心に届くよう、久美子はまっすぐに目の前の先輩の顔を見上げた。

「私も、うれしいです。もう一度、先輩と同じ舞台に立てて」

虚を衝かれたように、あすかの目が見開かれる。バトンを握っていないほうの手で、彼女はわしゃわしゃと久美子の髪をかき混ぜた。

「ずいぶんこっぱずかしいこと言うなあ。お世辞が上手くなったんちゃう？」

「お世辞じゃなくて、本心ですから」

「よう言うわ」

あすかがケラケラと軽やかな笑い声を上げる。ぼさぼさになった髪を手櫛《てぐし》で整えながら、久美子は呆れたようにため息をついた。

「先輩、相変わらずですね」

そう告げた久美子の口元がにやけていることを、指摘する人間はいなかった。

「ええやん。だいぶよくなったわ」

譜面を指差しながら、あすかが満足そうにうなずく。指導してくれると宣言したあの日から、あすかは本当にマンツーマンの指導を行ってくれていた。春休みということもあり、この時期は使っていない教室が多い。見られていると気が散るだろうからと、あすかはわざわざ家庭科室の鍵を借り、こうして二人きりの空間を作ってくれた。誰かが自分の演奏を聴いてくれるというのは、本当に心強い。自分では気づかなかった無意識の癖や間違いを、あすかの耳は確実に拾い上げてくれる。

「久美子ちゃんの欠点はアレやね。ずばり、メンタル」

「あ、はい。それは自覚あります」

久美子は昔から緊張しがちな性格だった。本番前になるといつも心臓がバクバクするし、他人の注目が自分に集まると思うと緊張はますますひどくなる。練習のときにはできていたはずのことが、合奏で指摘されると途端に吹けなくなるということも時折あった。自分も緑輝のように強い精神を持つことができればいいのだけれど、生まれてからいままでに培ってきた性格を変えることはなかなかに難しかった。

「失敗できないとか上手くやらなきゃとか、そう思った瞬間に音が硬くなってる。無意識のうちに唇がしまってるんや思うから、そこを意識して直して。あと、緊張すると薬指がもつれることが多いな。三番ピストンをしっかり押し切れてなくて指が滑っちゃってるから、駆け足になるんやと思う」

「確かに、言われてみればそうかもしれないです」

「でしょ。ま、落ち着いてるときは吹けてるから、最後はメンタルの問題やろな。上手くやろって思うと力むのはわかるけど、ユーフォニアムってバリバリ鳴らす楽器でもないと思うからさ。落ち着いて、綺麗な音を出すことに意識を集中させたほうがええんとちゃうかな」

「綺麗な音ですか」

そう言われて久美子の脳内に蘇《よみがえ》ったのは、あすかのユーフォの音色だった。柔らかで、一音一音がしっかりとベルのなかで響いている。あんなふうに吹けるようになりたい。あすかみたいな奏者に、久美子はなりたい。

あすかはその口角を持ち上げると、勢いよく席から立ち上がった。卒業した彼女は頑《かたく》なに制服を着ようとはせず、今日は練習用の青のジャージに身を包んでいた。眼鏡フレームを指先でくいと持ち上げ、彼女は扉の外に視線をやる。

「ま、久美子ちゃんなら大丈夫でしょ。さーてと、次は夏紀の指導の番やな」

「……夏紀先輩も、ソリの練習してるんですもんね」

意味もなく指を動かし、カタカタとピストンを押す。立華の部員も、夏紀も、みんな仲間でありライバルだ。一番になりたいと願うことは、誰かと競い合うことを意味する。きっと中学時代の久美子なら、そうした争いから逃げていた。だけど、いまは違う。北宇治高校での一年間が、ずるい自分を変えてくれた。

久美子だって、特別になりたい。胸を張って、麗奈の隣に立ちたいのだ。

「こういう勝負は、正々堂々とやらんとね。悔いのないようにしたほうがいい」

そうあすかが言ったタイミングで、家庭科室の扉が開いた。そちらに視線を送ると、お弁当を持った香織がひらひらと手を振っていた。

「あすか、お昼休みやし一緒に食べよ」

「了解了解。もう、ごめんな久美子ちゃん。可愛い彼女がせっつきに来ちゃった」

茶化すような台詞に、なぜか香織が頬を赤らめる。合同演奏会に参加する三年生は、卒業したいまも部員として練習に参加していた。ジャージ姿のあすかとは対照的に、香織はいまでも制服を着続けている。

「じゃ、明日からの合同練習も頑張ってな」

そう言ってヒラリとこちらに手を振るあすかに、久美子はその場で頭を下げた。合同演奏会の期日はもうすぐそこまで迫っている。いままでも何度か体育館での合同練習を行っているのだが、明日からは本格的な通し練習が始まるのだ。ソロのメンバーもそのときに発表すると、部長である優子が話していた。いまここで気を抜くわけにはいかない。

「……よし、」

気を引き締めるように、久美子はユーフォニアムを抱え直す。金色の楽器に映り込む自分の顔は、生気に満ちあふれているように見えた。

　合同演奏会の指揮は、北宇治高校の顧問である滝《たき》が振ることになっていた。立華高校の体育館では、百をゆうに超える数の譜面台が合奏体系に並べられており、部員たちは指定された席へとついている。

「それでは、『メリーゴーランド』の最初から通してみましょう」

「はい」

　滝の指示に従い、部員たちが楽器を構える。立華高校との合同練習であっても、滝の指導方法に変化はなかった。細かな点をひとつひとつ指摘していき、それを修正していくことで曲全体のクオリティを上げていく。

　滝と立華高校の顧問である熊田《くまだ》はどうやら以前から面識があったらしく、休み時間になると二人が和やかな雰囲気で雑談する姿がたびたび目撃されていた。滝が指導するあいだ、熊田は体育館の端に腰かけ、優雅に部員たちの様子を眺めている。

　フィリップ・スパーク作曲の『メリーゴーランド』はアップテンポの曲で、メリーゴーランドのように次々とメインを担当するパートが変化していく。心が弾むような楽しい曲だが、とくに後半部分はユーフォニアムにとってはかなりキツイ曲でもある。

「これ、絶対ユーフォを殺しにきてるよ」

そう隣で密やかにつぶやいた立華高校の先輩に、久美子は内心で強く同意する。

『メリーゴーランド』『ノアの方舟』『シング・シング・シング』、本番の演奏会はこの三曲で構成されており、ステージ前ではカラーガードの部員たちが代わる代わるパフォーマンスを行う。最後の『シング・シング・シング』では立華高校の部員たちとともに北宇治のカラーガードもステップを踏むらしく、体育館の外ではあすかや緑輝たちが立華高校の部員に交じって練習に励んでいた。

「では、次の曲にいきましょうか」

滝の指示に従い、部員たちは楽譜をめくる。今日のような長時間の合奏練習の場合は致し方ないのだけれど、本番では譜面台も椅子もなしで演奏することになっている。とくに金管楽器最大の重量を誇るチューバは手の力だけで楽器を支え続けることが大変らしく、三曲の通し練習を終えたころには部員たちは力尽きた様子で床に座り込んでいた。

「『ノアの方舟』、冒頭から」

滝の指示に、ユーフォニアムとトランペットの部員たちは一斉に楽器を構える。ソリを誰が吹くか指名があるまで、各楽器の部員たちは全員でこのソリ部分を演奏していた。

フルスコアに視線を落とし、滝がその表面を指でなでる。険しい表情のまま、まるでなんでもないことのように彼は言った。

「ここのソリ部分、トランペットは高坂さん、ユーフォニアムは黄前さんでお願いします」

「はい！」

ほかの部員が一斉に返事をするなか、久美子はその場で硬直した。いま聞いた台詞が信じられない。喜びの感情で、頭が爆発しそうだった。爪先からじわじわと押し寄せる実感にたまらなくなって、久美子はそっと息を吐いた。視界がにじむ。ただ単純に、うれしかった。

「では、最初から」

滝が手を振り上げる。その動きに合わせ、麗奈が大きく息を吸い込んだ。金色のベルから紡がれる、トランペットの輝かしい音色。そこに、ユーフォニアムの柔らかな旋律が混じる。三十秒にも及ぶかけ合いが、音楽の始まりを静かに告げる。この場で音を発しているのは、たった二人だけ。その当たり前の事実が、いまの久美子には誇らしくて仕方なかった。

「いやあ、北中メンバー大活躍やん？　もうめっちゃうれしない？」

弁当箱の中身をすさまじい勢いで消化しながら、梓が嬉々として言葉を発する。立華高校では学年ごとに輪になって昼食をとることが慣例らしく、今日は北宇治高校のメンバーもその輪のなかに入れてもらった。視界の端で、秀一がトロンボーンパートの男子と楽しげに会話しているのが見える。男子部員が少ないせいで肩身の狭い思いをすることも珍しくないため、仲間ができてうれしいのだろう。

「梓もソロってすごいよね。まだ一年なのに」

先ほどの合奏で、滝は次々にソロのメンバーを発表した。『ノアの方舟』では一年生部員がソロやソリを担当することが多かったが、『シング・シング・シング』のほうでは各学校の二年生が指名された。全体的にバランスのとれた指名だったと言えるだろう。

久美子のしみじみとしたつぶやきに、隣で菓子パンをむさぼっていた花音がニヤリと笑った。

「ま、梓は最初からいろいろとスゴかったからね。そのせいで今年一年大変だったし」

「そうなの?」

「まあ、確かに大変やったわ」

久美子の問いに、梓は照れたように頬をかいた。

「葉月ちゃん、運動神経いいんだね。私、どんくさいからすぐ先輩に怒られちゃって」

「えーっ、あんなにキレキレでステップ踏んでんのに、どんくさいとか言われんの？」

「あれは先輩の指導の賜物《たまもの》だから。最初はひどかったんだよ」

「信じられん」

　少し離れたところでは、あみかと葉月が何やら楽しそうに話し込んでいる。初心者同士ということもあり、通じ合うところがあるのだろうか。その隣で緑輝があみかの話に熱心に相槌《あいづち》を打っている。

「ねえねえ二人とも、部長が呼んでる。衣装の件だって」

　そう言って梓に声をかけてきたのは、花音と同じ顔をした少女だった。最初のころは見分けられなかったけれど、梓からほくろの有無で見分けるという裏技を教えてもらったため、久美子でもどちらがどちらか識別できるようになった。

「あー、はいはい。いまから行く」

　手のなかにあったおにぎりをすべて口のなかに押し込み、花音は慌てた様子で立ち上がった。梓が申し訳なさそうに眉尻を下げる。

「ごめんな、久美子。ちょっと行ってくるわ」

「うん、大丈夫」

「じゃ、またあとで」

　騒々しい足音を立てながら、三人は体育館から退出していった。その後ろ姿をぼんやりと久美子が眺めていると、急に制服の袖部分を引っ張られた。顔を向けると、先ほどまで黙々とサンドウィッチをかじっていた麗奈が、じっとこちらを凝視している。

「どうしたの？」

　尋ねると、麗奈は気恥ずかしそうに眼を伏せた。近くにいると、彼女の睫毛がずいぶんと長いことがわかる。身近にいないとわからないことは、きっとほかにもたくさんあるのだろう。願わくは、それを見つけるのが自分であればいいと久美子は思った。麗奈が顔を上げる。自信に満ちあふれた、まっすぐな眼差し。引き締められた瑞々《みずみず》しい唇が、溶けるように弧を描く。柔らかに細められた瞳に、久美子は思わず赤面した。歌うように、彼女は言った。

「ソリ、一緒に吹けてうれしい」

「……私も」

　噛み締めるようにそう応えると、麗奈はゆるりと破顔した。その表情を見ることができただけで、久美子は自分の努力がすべて報われたような気がした。

　それからの三日間は、あっという間に過ぎていった。ポジション確認のために行われた通し練習で、久美子は初めて立華高校の『シング・シング・シング』を目《ま》の当たりにした。立華の演技は有名だから、いままでにも動画サイトや大会などで見たことはあった。しかし、同じステージ上でそのパフォーマンスを見たのは、これが初めてのことだった。楽器を吹きながらとは思えない機敏な動きに、北宇治高校の面々は圧倒された。練習の際にも感じていた、彼らの持つマーチングに対する絶対的な自負心。その根底にあるのはおそらく、これまでに積み上げてきた圧倒的な努力量だ。

トロンボーンを構える梓が、満面の笑顔で飛び跳ねる。それを後ろで眺めながら、久美子は感嘆の息を吐いた。負けられない。そう思った。

＊

本番の日がついにやってきた。貸し切りバスで移動した部員たちは、会場に着くなり早々に着替えを始めた。イルミネーションエリアは吹奏楽部の演奏を終えたあとに開放されるらしく、いまはまだ貸し切り状態だ。立ち並ぶ木々には多くの電飾が設置されており、並んだオブジェも配線でグルグル巻きにされている。夜になれば幻想的な風景になるのだとわかってはいるのだけれど、昼間に見るとなんだか間が抜けているように感じる。

「おお！　衣装めっちゃ可愛ない？」

　葉月のはしゃぐような声に、久美子ははたと我に返った。先ほど先輩から受け取った衣装は、この日のためにレンタルしたものだ。おとぎ話に出てきそうなパステルカラーのエプロンドレスは、それぞれの部員によって色が違っている。ふんわりと膨らんだスカートが膝上までしかないのは、丈が長いとステージパフォーマンスのときに邪魔になってしまうからだ。白のソックスについたリボンは学年ごとに色が異なっており、三年生は水色、二年生は桃色、そして一年生は黄色だった。

「男子は執事さんみたいやね」

　そう言って緑輝が指差した先には、濃い青緑色の燕尾服《えんびふく》を着た男子部員の姿が見えた。白いシャツの首元には、白のリボンタイがつけられている。わいわいとリラックスしたように雑談を交わす彼らのなかには、当然のことながら秀一も交じっていた。もともと背が高いこともあり、彼の体形にこの衣装はよく映えていた。

　久美子の視線に気づいた秀一が、こちらに向かって軽く手を振っている。無視するのも悪いので衣装を着たまま久美子も手を振る。近くにいた男子部員が秀一に話しかけた途端、彼の顔は真っ赤になった。いったいなんの話をしているのだろうか。ここからだとよく聞こえない。

「きゃああああ！　先輩可愛いいいいい！　まじエンジェル！」

辺りに突如として鳴り響いた声は、以前にも聞いたことのあるものだった。皆の視線が一斉に声の主へと集まるが、そんな周りの反応などまったく目に入っていない様子で、優子が黄色い悲鳴を上げている。その視線の先にいたのは、もちろん香織だった。優子がここまで興奮している声を聞くのは本当に久しぶりだ。最近では部長としての振る舞いがすっかり板についていたから忘れかけていたが、優子は香織の熱狂的な支持者だった。

「優子ちゃん、恥ずかしいって」

そう困ったように告げる香織の姿は、確かに優子の言葉どおり可愛らしかった。薄桃色の柔らかな生地は、彼女の柔和な印象によく似合っていた。

「お、まーたやってんの？　香織が可愛いなんて当たり前やない？」

そう言って香織の肩に手をかけたのは、我らが低音の元パートリーダー、あすかだ。その瞬間、香織の顔が一瞬にして朱に染まる。

「あすかはすごくカッコいいね」

「そう？　ありがと」

称賛の言葉をさらりと受け流すあすかは、ほかの部員と違い黒のドレスを身にまとっていた。ベアトップのデザインのため、プロポーションのいいあすかの身体の輪郭がはっきりと浮き出ている。そのスカート部分の裾には黒のフリルがふんだんにあしらわれており、そこからのぞくすらりとした太ももがよりいっそう細く見えた。

「ちょっと、他校の人がいるのにあんま騒がんといてよ？」

呆れた様子の小笠原の言葉に、優子は慌てて自分の口を両手で覆った。

「ちょっとちょっと、優子部長？　そんなんでちゃんとやってけるん？」

これ幸いと投げかけられた夏紀の揶揄《やゆ》に、優子が唇をとがらせる。

「べつにやってけますー。こう見えて、しっかり者って評判やねんから。どっかの副部長さんとは違って」

「それ、どこの学校の話やろ。全然心当たりないわ」

「かわいそうに。ひねくれた性格のせいで、ついに現実まで見えへんくなったんやな」

「え、それ自虐？」

「自虐ちゃうわ！」

二人がやいやいと言い争っているのは、北宇治の面々にとってはすでに見慣れた光景だ。ほかの部員たちは呆れたように笑いながら、その横を華麗にスルーしていく。

「なんであすか先輩の衣装は違うんやろ」

あすかのほうを指差し、葉月が首を傾げる。その疑問に答えたのは、可愛い衣装に興奮している様子の緑輝だった。

「あれはね、二曲目の衣装やねん。カラーガードとバトンのメンバーはそれぞれの場面に合った衣装に早着替えせなあかんから、ああいう衣装になってんねんで」

「でも、緑は私たちと似たような格好してるよね」

緑輝の衣装は久美子たちのものと違いベアトップの形状をしていたが、ほかの衣装と同じくパステルカラーの柔らかな生地で作られているためそこまでの違和感を覚えることはなかった。

久美子の指摘に、緑輝はよくぞ聞いてくれたと言わんばかりにその瞳を輝かせた。

「じつはね、この衣装には秘密があんねん！」

「秘密？」

「うん。こうすると別の衣装になるねんで」

そう言いながら、緑輝は衣装の裾を集めていく。それをがばりと持ち上げ、先ほどまで裾だった部分と胸元部分を合わせるようにマジックテープで留める。

「じゃーん！」

緑輝が両手を大きく上げ、ポーズをとる。そこには先ほどの衣装とはまったく違う、純白の可愛らしいミニドレスが現れた。

「おお！　めっちゃすごい！」

「このマジックテープをバリバリッて剥がせば、一瞬でさっきの衣装に早着替えでき

るといささか貧相なものであった。

「んねん。あすか先輩の衣装も同じ構造やで」

　えっへん、と緑輝が自慢げに胸を張る。その胸元は、先ほどのあすかのものに比べるといささか貧相なものであった。

　リハーサルを済ませ、部員たちはステージ上で立ち位置の最後の確認を行った。本番の時刻はもうすぐそこまで近づいている。空を見上げると、藍色の空のなかに赤色がうっすらと溶けている。日は沈んだが、それでもなお光の残滓《ざんし》は空の上にとどまっていた。

「イルミネーションの点灯は十八時半、開場は十九時です。これから二十分間休憩を取りますので、水分補給など、大事なことは事前に済ませておいてください。公園エリアはまだ開場していないので、いちおうは貸し切り状態です。展示を見て回るのもいいですが、くれぐれも遅れないように。ここに十八時四十分に集合です。わかりましたか」

「はい！」

「それではいまから休憩時間です」

　休み時間に入った途端、部員たちは生き生きとした様子で動き出した。友人たちとイルミネーションを見たいのだろう。元気のある部員たちは親しい人間とともに、一目散に装飾されている公園エリアに向かっていく。

「久美子！」

お茶を飲んでいる久美子に声をかけてきたのは梓だった。その隣には、あみかもいる。どうしたの？　そう尋ねると、彼女はうれしそうに笑った。

「あとでまた写真撮ろうや」

「写真？　いいけど」

「やった。せっかくまた久美子たちと一緒に吹けるんやもん、たくさん撮っとかんともったいないよな。それに、普段は部活ばっかりで、こういうとこに来る機会ってあんまないやろ？　だから、今日はあみかと一緒にいろいろ見ておこうと思ってて」

「そうなんだ」

「花音が言ってたんやけど、ここの遊園地って結構イルミネーションすごいねんて。うちは関西に住んでたわりに全然来たことなかってんけど、めっちゃキレイやねんて。せっかくやし、久美子もうちらと一緒に回る？」

「いや、私はいいよ。二人で行ってきて」

「そっか。じゃあ、またあとで！」

断られたことを気にした様子もなく、梓はにこやかに手を振った。その横にいるあみかも、小さく手を振っている。しっかりものの梓とおっとりとしたあみかは、はたから見ていてもしっくりくる組み合わせだった。きっと、とても仲がいいのだろう。喧嘩《けんか》や揉めごとなどというものとは明らかに無縁そうに見えた。

「断ってよかったん？」

「うわあっ」

突如として隣に現れた麗奈に、久美子はとっさに身をのけぞらせた。その反応が不服だったのか、麗奈が唇をとがらせる。

「そんなに驚かんでもいいんとちゃう？」

「いや、いきなりだったから」

「ふうん？」

ドレス姿の麗奈は、相変わらず美しかった。自分と同じ衣装を着ているというのに、麗奈が着た途端にまったく別物に見えるから不思議だ。肩にかかる黒髪を指で払い、麗奈はそっと微笑んだ。

「なに？　アタシの顔になんかついてる？」

「いや、可愛かったから見惚《みほ》れてた」

「何それ、照れる」

そう言いながら、麗奈が久美子の手首をつかむ。もう片方の手で、彼女は公園エリアとは反対にある出口方向を指差した。

「ね、行こうよ」

「行くってどこに？」

「誰もいないところ」

まるで悪戯っ子のようにささやいて、麗奈は足を踏み出した。彼女に導かれるがままに、久美子もその傍らを歩く。歩けば歩くほど、喧騒《けんそう》が遠のいていく。人の気配はどんどんと薄くなり、やがては静寂が訪れた。

「ここ」

麗奈が足を止めたのは、やや開けた広場だった。出口につながる通路だというのに、人影はほとんどない。空間の中央には巨大な噴水が存在しており、その正面にいくつか木製のベンチが並んでいる。噴水からは水が出ておらず、一見するとただのオブジェのようにも見えた。

「なんでこんなに人がいないの？」

「こっちのルートは近くにあるホテル用のゲートにつながってるんやけど、ホテルに泊まる人はたいていイルミネーションを見てからここを出るから。だからいまの時間はこんなふうにあいてるねん」

「へえ、詳しいんだね」

「まあ、前に家族で来たことあるから」

麗奈がベンチに腰かける。彼女はこちらを見ると、あいている隣の空間をポンポンと手で叩いた。座れという意味だろう。その指示に素直に従い、久美子は麗奈の隣に腰かけた。

「見てて」

そう言って、麗奈は時計を指差す。広場に立つアナログ式の時計はシックなデザインで、レンガ作りの広場の雰囲気によく似合っていた。その分針が、6の文字に到達する。その刹那、目の前にある噴水が七色にきらめき出した。水が大量に噴き上がり、その周囲に立ち並ぶ木々に暖色の光が灯《とも》り始める。びっしりと敷き詰められた電飾の光が、地上に豪奢《ごうしゃ》な天《あま》の川を描き出した。

「きれい」

思わずそうつぶやいた久美子に、麗奈は満足そうな顔でうなずいた。その瞳には、足元に散る星屑《ほしくず》の光がきらきらと映り込んでいる。

「久美子に見せたいなって思って」

「すごいね。私、ここのイルミネーション初めて見た」

「そうなんや」

麗奈が両足を小さく上げる。白のソックスに包まれたふくらはぎは、足首にかけてしなやかなラインを描いている。可愛らしい水色の靴の爪先は、ピンと上を向いていた。スカート越しに久美子の太ももへと手を置き、麗奈ははにかみながら言った。

「どうせ塚本《つかもと》とまた来るんやろうけど、でも、それでも久美子と見たかってん」

だってさ、と彼女は告げる。

「久美子の初めては、アタシのやから」

それは、特別な時間だった。遠くでは確かに他人の気配を感じるのに、ここに久美子たちがいることを誰も知らない。日常世界からぽっかりと隔離されたような、二人だけの秘密の時間。いまこの瞬間、久美子は麗奈のものだった。そして多分、麗奈も久美子だけのものだった。

「うわ、なんかその言い方エロいね」

真剣な顔を繕い、久美子はいつかと同じ台詞を告げた。麗奈が呆れた顔を作る。

「あほちゃう?」

そう言って、それから彼女は可笑しそうに噴き出した。こらえられなくなり、久美子もまた笑い出す。生理的に浮かんできた涙を指で拭い、二人は込み上げる笑いが治まるまで、ぼんやりと目の前の噴水を眺めていた。麗奈の細い指が伸び、久美子の手を強くつかむ。そのまま立ち上がると、彼女は久美子を引っ張り上げた。

「本番、始まるで。そろそろ行こ」

「うん」

傍らに並ぶ麗奈に微笑みかけ、久美子はその一歩を踏み出す。つかまれた皮膚越しに、麗奈の体温が伝わってくる。いま久美子が抱いている幸福感が、相手にも伝わりますように。そう心に願いながら、久美子は手を握り返した。麗奈が目をみはり、それから満足そうに一度うなずく。言葉なんていらなかった。一緒にいられるだけで、幸せだった。

「久美子も麗奈も、そろそろ集合時間やで！」

遠くのほうから、梓の溌剌《はつらつ》とした声が聞こえる。二人は互いに顔を見合わせ、それからどちらともなく駆け出した。呆れた顔をした梓に指摘されるまで、その手は固くつながれたままだった。

『響け！ ユーフォニアム』
日誌

『響け！ ユーフォニアム』シリーズはどうやって生まれて、どのように育まれてきたのか。

著者へのロングインタビュー、シリーズ全巻の見どころ、登場人物のプロフィールなど、ユーフォの世界観をたっぷり詰め込んだ、とっておきの日誌を紐解いていきましょう。

※ シリーズ全巻の内容に触れていますので、
未読の方はご注意ください。

著者

武田綾乃　1万字インタビュー

『響け！ ユーフォニアム』の生みの親、著者の武田綾乃さんの超ロングインタビュー。大人気シリーズが生まれたきっかけや、生まれ育った宇治《うじ》への思い、作家を目指した理由など、ここでしか読めない貴重な情報が満載です。

（取材・文＝高倉優子）

――まず『響け！ ユーフォニアム』が誕生したきっかけをお話しいただけますか？

武田　デビュー作『今日、きみと息をする。』の推敲《すいこう》の打ち合わせの際に、「次回作はどんなものを書きたいですか？」という話が出て。そのなかで、私自身が経験者ということもあって、吹奏楽ものを書きたいという話をしたんです。中学時代から吹奏楽をモチーフとした作品が好きで読んでいましたが、その多くは顧問の先生の一歩引いた目線だったり、俯瞰《ふかん》して見ているような物語だったので、私は内部から見た吹奏楽部を描いてみたいと思ったんです。また執筆を始めたときは大学二年生だったので、高校時代の記憶が鮮明に残っているいましか書けない物語だと思ったのもきっかけになりました。

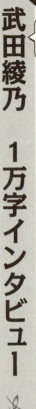

――タイトルが印象的ですが、これは最初から決まっていたんですか？

武田　候補としては、いわゆる「○○高校吹奏楽部」という高校名が入っている王道なものと、「轟《とどろ》け！トロンボーン」とか「唸《うな》れ！トランペット」といった楽器と音の組み合わせのパターンがありました。その後、主人公の久美子《くみこ》が吹く楽器がユーフォニアムだったことから『響け！ユーフォニアム』に決まったんです。担当さんから「ユーフォニアムってどう鳴るの？」と聞かれたときに、「響く」がいちばんしっくりくるなと思いました。

経験者として描くからには、吹奏楽部員にぜひ手にしてもらいたい。「この作者、経験者だな」とわかってもらうためには、ユーフォニアムという楽器は効果的だったと思いますね。経験者でなければ知らない人も多い楽器ですから。ユーフォニアム奏者なら、まず百％の確率で手にしてくれるんじゃないか、と（笑）。

――主人公の久美子が通うのは宇治市にある架空の学校「北宇治《きたうじ》高校」です。

武田　最初は具体的な土地の設定はありませんでした。でも生まれ育った宇治を舞台にした作品にしたかったということもあり、地名を入れようと思いました。「宇治高校」は過去に存在していたので、少し変えて「北宇治高校」にしました。

——宇治市内の観光名所もたくさん登場しますね。

武田　なかば強引に入れた感もありますが（笑）。意識したのは「ある程度メジャーな観光地であること」。なるべく誰でも行ける場所として、平等院《びょうどういん》や塔《とう》の島《しま》、天《あま》ケ瀬《がせ》ダムなどをチョイスしました。驚いたのは、大吉山《だいきちやま》に大勢のファンの方たちが巡礼で来てくださったこと。大吉山は幼稚園のころの遠足の定番スポットでしたし、地元の方たちにしてみれば気軽に行けるお散歩コースなんです。いわゆるメジャーな観光地ではないので、大きな反響があったと聞いてうれしかったですね。

——キャラクターにモデルはいるのでしょうか？

武田　吹奏楽ものを書こうと決めてからは、中学時代の部活の仲間や、友人の友人などのツテをたどって、いろんな方に取材しました。そのときにお会いした方たちの影響は大きいと思います。また、自分や友人の特徴や経験などをキャラクターの肉付けに利用したという感じです。自分をキャラクターに投影したことはないですね（笑）。

大吉山入り口。

構想の段階では、久美子ではなく麗奈《れいな》を主人公にしようと考えていました。麗奈が香織《かおり》とトランペットのソロを争うという設定だけが頭のなかにあったんです。でも麗奈を主役にしてしまうと、演奏が上手い一年生が先輩たちを打ち負かし、熱心に活動していない人を成敗するような話になってしまう……。だから一歩引いた位置で冷静に周囲を見渡し、さらに語り部的な存在である久美子のキャラクターが生まれました。

――「黄前《おうまえ》」という久美子の名字は珍しいですね。

武田　先輩に黄前さんという人がいて印象に残っていたんです。ほかにも「鎧塚《よろいづか》」など、京都で耳にする名字を意識して入れてみました。

キャラクターをペア（対）で考えて肉付けした

――吹奏楽部は大所帯ですから、キャラクターの書き分けも大変だったのではないですか？

武田　そうですね。それぞれが似ないように、パラメーターを意識して作りました。パラメーターとは、ゲームでいうところのキャラクターの能力値のことで、たとえば「攻撃力」や「積極性」などを数値化してバランスを取りながらゲームを作っていくんです。同じ要領で、メンタルは強いけれど○○はダメとか、演奏はうまいけれど社交性がないとか、同じタイプの子にならないように調整していきました。

また、二人一組のペア（対）で考えてバランスを取っていくこともやりましたね。久美子と麗奈のように、冷静な人と熱い人とか、緑輝《さふあいあ》と葉月《はづき》ならば、吹奏楽経験者と非経験者であるなど。ペアを入れ替えたりして、キャラクターがかぶらないように注意しました。

――素晴らしいキャラクター造形法ですね！　ほかの主要キャラクターについての秘話があれば教えてください。

武田　緑輝は執筆している最中に生まれたキャラクターでした。滝《たき》先生が登場するまでのあいだが長くてダレるので、場つなぎ的にインパクトのある人物を入れたかったんです。天真爛漫《てんしんらんまん》な性格かつキラキラネームの持ち主という、まさにイマドキの女子高生。ムードメーカーの役割を担ってくれていると思います。

秀一《しゅういち》は「便利なやつ」。久美子はちょっと面倒くさい性格なので、彼女の面倒を見てくれる存在として必要なキャラクターです。私のなかではイケメンではなかったのですが、カバーを担当してくださったアサダニッキさんのイラストを見たらイケメンで驚きました（笑）。

　優子《ゆうこ》は香織が素晴らしい人物であると印象づけるためには必要不可決な存在。彼女や緑輝のような動きのあるキャラクターは書いていて楽しかったですね。逆に久美子は基本、受け身で何を考えているかわからない人物なので、書きづらかったです。

――なるほど。顧問の滝先生も人気だと思うのですが、彼は著者から見たらどんな人物ですか？

武田　技術に特化した魅力のある先生。生徒の扱いが下手《へた》で、顧問としてはまだまだ。言いづらいことをズバズバ言う人……という感じでしょうか（笑）。でも、こういう顧問の存在も「吹部あるある」だと思うんですよ。カリスマ性があり、核心をついた厳しい意見をズバッと言ってくれる人のほうが、生徒はついていきたくなるものですから。

　私は昔から大人を書くのが苦手でした。まだ

アニメで滝先生が運転していた道路。

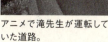

自分が経験したことのない世代の人物を書くのが難しくて。そこで2巻を出すことになったときに、都立杉並《すぎなみ》高校吹奏楽部の名誉音楽監督である五十嵐《いがらし》先生に取材させてもらったんです。そのときに伺った話が続編を書くうえですごく役立ちました。五十嵐先生が、「大人（顧問）と生徒が一緒にステージ上にいられるのは吹奏楽くらいですよね。楽しいです」とおっしゃっていたのが心に残っています。

何げなく書いたことが伏線になった

――『響け！ ユーフォニアム2　北宇治高校吹奏楽部のいちばん熱い夏』について聞かせてください。ちなみに、1巻は続編を意識して書かれたのでしょうか？

武田　いえいえ。まさかこんなに長いシリーズになるなんて思ってもみませんでしたから。1巻を書いているときは「すべてを明かす必要はない」と思っていて、あえて謎にしたまま書いた部分もあったんです。普段の生活のなかでも、相手のことがすべてわかるわけではないじゃないですか？　たとえば、1巻では二年生が辞めてしまった理由についても曖昧なままでした。でも2巻ではその謎が明かされます。私自身「なぜ二年生は辞めちゃったんだろう？」と必死で考えながら書いたんです（笑）。何げなく書いたことが伏線になっていたりするのも、シリーズものを書く醍醐味《だいごみ》かもしれません。

――2巻のテーマは？

武田　二年生を主役にしようと。そのキーになる人物が、みぞれと希美《のぞみ》でした。希美はみぞれのことをわかっているようでまったく理解していないというエピソードが出てくるんですが、人は相手のことをよく理解しないまま恋愛や友人関係を続けていたりするじゃないですか？　この巻ではそういうリアルな人間関係を書いてみたかった。また、犬猿の仲である夏紀《なつき》と優子のエピソードも入れたいと思いました。

――次に『響け！　ユーフォニアム3　北宇治高校吹奏楽部、最大の危機』について聞かせてください。

武田　これはなかなか完成しなくて苦労した作品です。先に卒業式のシーンだけ書いて、「残りはあとで送ります」と担当さんに分割して送った記憶があります。何度考えても、あすかが吹奏楽部に戻ってくる〝確たる理由〟が見つけられなかった。意志の強い彼女が納得して復帰できるようなインパクトのある出来事がどう

して も 必要だったんですが、どの案もしっくりこなくて……。最終的には、久美子のある行動によって事態が動くわけですが、その行動のおかげで久美子自身も自分の殻を破り、成長することができたので結果オーライでしたね。

——ということは、着地点は決めずに書いていたということですか？

武田　そうですね。きっちり決めておくとキャラクターが自由に動かなくなってしまうので、大切なところだけゆるく決めて書いていました。ちなみに、二年生の卓《たく》也《や》と梨《り》子《こ》は付き合っているんですが、私の知らないところで「勝手に付き合い始めていた」という感覚なんです。いつの間に？　と驚きました（笑）。

アニメ化、そしてさらなる続編が誕生

——TVアニメ化、さらには劇場版の上映と、メディアミックスの展開となったときは、どのように感じましたか？

武田　最初にお話をいただいたときは、うれしいを通り越して「意味がわからない！」と混乱しました。制作された京都アニメーションさんが地元を舞台にしたアニメを作りたいということで原作を探していたときに、たまたま発売したばか

りの『響け！ユーフォニアム』を見つけてくださったみたいで。本当にありがたいですね。これも縁だと思います。

1巻を発表した半年後くらいにアニメ化が決まり、その直後に「ぜひ続編を」という流れになりました。アニメ化のおかげでシリーズが誕生したことになります。

小説を書くときにキャラクターのビジュアルを思い浮かべることはないんですが、アニメ化されたことで、ずいぶん影響を受けた気がします。インスパイアされることもあれば混乱することもありました。たとえば「私が考えていた久美子像ってどういうものだったかしら……？」とわからなくなってしまったりもしました。

感動的だったのは、実際に「音」が聴こえてきたこと。私が考えた架空の曲『三日月の舞』にもちゃんとメロディをつけてくださったんです。執筆中はもちろんメロディなど浮かんでいなかったので、これには感激しましたね。

――アニメ人気が追い風になり、さらなる続編『立華高校マーチングバンドへようこそ（前編・後編）』が生まれました。

武田　アニメ放送の二期（二〇一六年十月～）に合わせ、さらに続編を出そうということになったとき、担当さんに「現段階で北宇治高校吹奏楽部の物語は難しい」と伝えました。3巻＋短編集のなかで書き切った感があったんです。でも、マーチングバンドをやっている別の主人公ならば書けるかもしれないと思い、『響け！ユーフォニアム』シリーズのなかにも登場していた「立華高校」を舞台にすることに決めました。

執筆に際し、マーチングバンドの強豪校、京都橘《たちばな》高校を取材させていただいたんですが、とにかく橘高校の練習は厳しいんです。腕や楽器の角度が細かく決められていて、動きがぴったりそろうまで繰り返したり、コサックダンスみたいな運動を延々とやっていたり……。まさに「THE強豪校！」という感じでしたね。話を聞いた卒業生が「もう一度やれるとは思わないけれど、絶対にやってよかった。とてつもない経験だった」とおっしゃっていたのも印象的でした。そういう経験談をはじめ、顧問の田中《たなか》先生のお話、狭い中庭を使って効率的に行われる練習法など、ディテールを参考にさせていただきながら執筆していきました。

――キャラクター造形について心がけたことはありましたか？

武田　『響け！ユーフォニアム』のときと同様、人物をペア（対）にして、二人合わせて「一人」になるように意識して書きました。また、北宇治高校のときはなかった関係性を入れることを心がけました。たとえば、同じ中学から来た二人であったり、姉妹（双子）であったりという感じです。

主人公の梓に関しては、アニメを見てイメージを膨らませました。アニメからの影響がいちばん大きいキャラクターかもしれません。梓と久美子は似ているようで違います。差別化するために地の文に緩急をつけました。たとえば、久美子は心のなかでツッコミを入れるけれど、梓はつい口に出してしまうとか、久美子は脚の描写を、梓は手と目と髪の描写を多めにしてみたりとか。

『響け！ユーフォニアム』のなかで、梓が久美子と電話するシーンがあるんです。そこで何げなく犬の鳴き声を入れていたんですが、立華高校編を書く際、「梓は犬を飼っているんだった！」と思い出し、慌てて犬の描写を入れたりもしました。シリーズが長くなると、伏線回収が大変ですね。もし少しの破綻があったとしても見逃してほしいです（笑）。

――梓とあみかの関係性は、特殊ですね。

武田　第一稿では梓があみかをめちゃくちゃ洗脳していて。さすがに行きすぎだろうと少しマイルドにしたんです。

梓が練習していた宇治川の河川敷。

ただマイルドになったものの、基本的には女の子同士にありがちな共依存の関係性で。ファンのあいだでは、梓はあみかの「飼育係」と呼ばれているみたい(笑)。北宇治高校編より好きかもという声もあり、評判がよくてうれしいです。

――後編には、四つの大会の様子が収められています。

武田　詰め込みましたね。盛りだくさんな内容になったと思います。各大会を通して、梓や仲間たちの成長が描けたかと。梓は自分の芯を持ったしっかり者。『響け！ユーフォニアム』のなかで、麗奈が目指していた実力主義的な部分を実現している点でも面白い作品になっているのではないでしょうか。

このシリーズをまとめるとするなら「目標に向かって頑張る人たちの物語」です。読んで親近感を持っていただけたらうれしいですし、吹奏楽やマーチングに興味を持つきっかけになったらいいなと思っています。

作中に登場する多彩な楽曲

――シリーズを通して、吹奏楽の定番曲などがたくさん登場しますね。印象的な曲について解説をお願いできますか？

武田　北宇治高校の吹奏楽コンクール自由曲として演奏する『イーストコーストの風景』は、もともと私が好きだった曲なんです。吹奏楽の楽曲には、オーケストラなど別の目的で作られた曲を吹奏楽用にアレンジしたものと、吹奏楽のために書き下ろした曲があるんですが、『イーストコーストの風景』は後者にあたります。この曲の第三楽章「ニューヨーク」は私の大のお気に入りで、執筆中に何度も繰り返し聞いていました。『バレエ音楽《ダフニスとクロエ》』は「吹部あるある」ですね。秀塔《しゅうとう》大学附属高校吹奏楽部がコンクールの自由曲として演奏していましたが、モデルにした学校の十八番でもある人気の高い楽曲です。『A列車で行こう』と『シング・シング・シング』は定番中の定番です。とくに『シング・シング・シング』は、大好きな映画『スウィングガールズ』にも登場しますし、京都橘高校の十八番でもあるのでマストでしたね。また、今回書き下ろした定期演奏会編には、たくさんの曲を登場させようという裏テーマがありました。吹奏楽経験者にとっては馴染みのある曲も多かったのではないでしょうか。
　そのほか、作中にはいくつか架空の楽曲も登場します。『三日月の舞』の作曲者は京都府出身の女性音楽家という設定にしました。先ほども言いましたが、アニメ版ではこの曲にもメロディがつけられているので気になる方はぜひ聴いてみてほしいです。

あじろぎの道。

宇治十帖モニュメント。浮舟と匂宮。

十三重の塔。

宇治橋付近。

撮影（インタビューページ）＝武田綾乃

吹奏楽と読書に明け暮れた学生時代

――ここからは、武田さんのパーソナルなことについてもお聞かせいただこうと思います。まず、出身地について。生まれも育ちも京都府宇治市なんですか？

武田　はい。宇治市内で一度引っ越しをしましたが、大学卒業後に上京するまでずっと宇治で生活していました。

――どんな子ども時代を過ごしたのか教えてください。

武田　小学生のときは図書館と学級文庫の本を片っ端から読んでいました。一日二冊を目標に、児童書、近代作家、ラノベなどジャンルに関係なく手にしていましたね。それこそ二宮金次郎《にのみやきんじろう》みたいに本を読みながら下校していたので、ギャグみたいに電柱にぶつかることもありました（笑）。好きだったのは、はやみねかおるさん、あさのあつこさん、星新一《ほししんいち》さんの作品をはじめ、「ハリー・ポッター」シリーズ、恩田陸《おんだりく》さんの『六番目の小夜子』などです。そのとき読んでいる本に影響を受けてしまうことがよくあり、たとえば近代作家の作品を読んだあとに硬い言葉で友人に話しかけて「綾乃ちゃん、日本語がおかしい」と言われたこともありました（笑）。

——すごく読書家だったんですね。当時から「将来は小説家になりたい」と思っていたのですか？

武田　漠然とではありますが、小学校三年生のころには「専業作家は無理だから、兼業作家になろう」と思っていたように思います。友人や母にもそう宣言して、実際に小説も書いていました。黒歴史が記されたノートはいまでも取っています。読み返してみると、自分で言うのもなんですが、小学生と思えないくらい文章がしっかりしているんですよ。ただ、だいたい四ページくらいで力尽きている。ほとんどがファンタジー系の物語で、壮大なテーマがあるんだけど、何も始まらないうちに「終了！」みたいな（笑）。たぶん背伸びして書いていたから、四ページが精いっぱいだったのでしょう。

——吹奏楽を始めたのも小学校時代とか。きっかけは？

武田　うちは母が看護師をしながら、女手ひとつで私と六歳離れた弟を育ててくれたんです。それで夏休みになると弟と田舎の祖母の家に預けられていたんですが、周りは田んぼだらけで何もないし、友人もおらず、あまりにも退屈で……（笑）。

翌年の夏休みは宇治にいたいと思い、それならば部活でも始めてみようかと小五から吹奏楽部に入部しました。

私も久美子と同じく、担当の楽器はユーフォニアムでした。低音パートの楽器はトランペットなどの華やかな楽器と違って人気がないのか空きがあったんです。でも私は「マイナーな楽器のほうがかっこいいじゃん！」と思っているようなひねくれた子どもだったので、ちょうどよかったんですよ（笑）。ユーフォニアムは音域が広く、メロディを吹くことも多くてすごく楽しかったですね。

中学に入ってからも吹奏楽部に入り、引き続き、ユーフォニアムを吹いていました。私の通っていた学校は強豪ではないけれど、弱小でもないという感じ。京都府大会で金賞を取れるかどうかというレベルでした。演奏自体は楽しかったんですが、やはり人間関係はいろいろありましたね。吹奏楽部は五十五人の団体戦なので、下手《へた》な子が一人でもいたら負けてしまうわけです。でも部員のなかには、そこまで頑張らずに部活動を楽しみたいという人や受験勉強を優先したい人もいる。そのモチベーションの違いが揉めごとの原因になっていたように思います。スポーツ系の部活だったら「勝つ」というわかりやすい目標を目指して練習していけばいいと思うんですけど、吹奏楽はそうはいきません。これも一種の「吹部あるある」かもしれません。

――中学時代、小説の執筆も続けていたのでしょうか？

武田　はい。自宅で細々と書いていたんですが、思春期ということもあり恥ずかしいので友人には隠していました。母には読んでもらっていたんですが、「え、ここで終わり？」とよく言われていました。相変わらず四ページくらいで止まってしまっていたんです。中学時代はとにかく、「こういうことが書きたい」と思いつくシーンや設定を書きなぐっていた覚えがあります。

最後まで書き上げることができたのは高校生になってからですね。私が通っていた高校は図書室がとても充実していて、さまざまな作品に触れる機会がありました。自由な校風で、本当に楽しかった。何より、気を遣わずに話せる人がいるということがかなり新鮮でした。目的意識を持って高校に通っている人が多くて、価値観が近い人とたくさん出会えたのは幸せでしたね。高校では文芸部に入りました。とはいえ、私が在籍していたころは、先輩も入れて十人足らずと少人数で、活動も年に一度、部員の作品を収録した部誌を発行するだけ。ミーティングなどもほとんどなく、活動といえば書き上がった作品を顧問の先生にメールで送るぐらいでした。現在はもっと活発に活動しているみたいなので、うらやましいですね。

――書いた作品に対する反響などはありましたか？

武田　部誌は内輪のものだったので、そこまではなかったんですが、文化祭で上演した演劇の台本はけっこう手ごたえがありました。一年生と二年生の全クラスでオリジナルの演目で劇を演じるという決まりがあり、自分で「脚本が書きたい！」と立候補したんです。高二のときはうちのクラスが最優秀賞を取りました。内容を簡単に言うと、百物語をしているうちに人間が二人増えていた。その二人とはいじめられっ子と殺人犯だった……という二段オチの復讐劇《ふくしゅうげき》です。最優秀賞を取ったことで物語を書くことの自信につながった気がします。

またこのころは、同級生のSちゃんの携帯に「連載」と称して毎日のように小説を送りつけていました。彼女が「面白いやん」と言ってくれるのがうれしくて、気づけば原稿用紙千四百枚分くらいの大作になったんです。幻の作品ですね（笑）。

――デビューすることになったきっかけにもSさんが関係しているとか！

武田　そうなんですよ。「せっかくだから新人賞に送ってみれば？」と背中を押してくれたんです。もともと大学生になってからは「年間六冊計画」というのを立てて、最低でも六作品は習作しようと思っていました。じつは、宝島社さんの「日本ラブストーリー大賞（現・日本ラブストーリー＆エンターテインメント大賞）」に送った『今日、きみと息をする。』が、大学生になって初めて応募した作品だったんです。締め切りギリギリでまとまらないまま送ってしまって……。でも最初の作品だし、まあ、いいかと（笑）。

――担当者によると、物語が完結しないまま突然「おしまい」と書いてあって驚いたとのこと。でも文章に光るものを感じて選んだとおっしゃっていました。最終選考では選考委員の石田衣良《いしだいら》さんが隠し玉としてデビューさせることを推薦してくださったとか。デビューが決まったという連絡を受けたときはどんな気分でしたか？

武田　とにかくうれしかったですね。一次選考と二次選考で残ったときは、喜ぶよりも「どうせ落とすんだから期待をさせないで！」と思っていたくらいなので（笑）。まさかこんなチャンスをいただけるとは、夢にも思っていませんでした。連絡をいただいた日がちょうど二十歳の誕生日だったんですよ。担当さんがよく「十九歳とは思えない文章」などと言ってくださっていたので、「すみません、私もう二十歳なんですけど大丈夫ですか？」とお聞きした記憶があります（笑）。

「コンテンツ」を作ることに挑戦してみたい

――普段、何をしているときがいちばん楽しいですか？

武田　本や漫画を読むのも好きですが、いちばんはゲームですね。ソフトを適当に買って面白ければひたすらやっています。いまは「スプラトゥーン」にハマっています。子どものころからゲームが好きで、将来はゲーム会社で働きながら兼業作家になろうと思っていたくらいなんです。夏に帰省したとき、高校三年生の弟にゲームソフトを買って帰ったら「姉ちゃんもたまには役に立つな」と言われました（笑）。

――仲良しなんですね！

武田　六つ離れているのでケンカすることもなく、仲良く育ちました。母は夜勤に出ることもあったため、彼が小さいころは私が面倒を見ることもありましたね。そんな弟ももう高校三年生です。マイペースだけど、しっかり「自分」を持っている人だと思います。母は明るく前向きで、すごくパワフルな人ですね。

――お母さんや弟さんも武田さんの小説を読んでらっしゃるんですか？

武田　はい。二人とも読んでくれているみたいです。先日、実家へ帰ったら、母が『立華高校マーチングバンドへようこそ』をコンビニで見つけて買ってくれたらしく、「これ、面白いな。いままででいちばん好きかも」と言ってくれました。梓の行動を見て、私の小さかったころを思い出したらしく「泣いたわ」と。弟は感想を言ってくれることはないですね。恥ずかしいのかもしれません。

小説を書くときに邪魔してきた実家の愛猫。

――それでは最後に、今後の目標があったら教えてください。

武田　小説をずっと書き続けたいですね。いろんなジャンルの作品が書けたらいいなと思っています。先日、『響け！　ユーフォニアム』シリーズとは毛色の異なるイヤミス系の作品を脱稿したのですが、意地悪なキャラクターを描くのは新鮮でしたね。でもイヤミスを書いているとだんだんピュアなものが恋しくなってくる……。やっぱり人間、甘いものを食べたあとはしょっぱいものが食べたくなるものですね。

吹奏楽ものはもう書き尽くした感があるんですが、時間がたったらまた書けるかもしれないと思っています。これぱかりは自分でもどうなるかわかりませんが、すごく愛着のあるシリーズなので、雑に扱うことだけはしたくないですね。この先どうするかは、これからじっくり考えようと思います。

また小説以外にも、ゲームのシナリオを書いたり、漫画やウェブ制作に携わったり、「コンテンツを作る」ということにもチャレンジしてみたいです。口にしておけば夢は叶《かな》うということで！（笑）。

響け！ユーフォニアム
北宇治高校吹奏楽部へようこそ

（２０１３年12月５日発行／宝島社文庫）

あらすじ

北宇治高校に進学した黄前久美子は、同級生に誘われ、吹奏楽部に入部する。北宇治高校の吹奏楽部は、過去には全国大会にも出場したこともある強豪校だったが、顧問が代わってからは関西大会にも進めていなかった。しかし、新しく赴任した滝昇の厳しい指導のもと、部員たちの演奏はどんどんと上達していく——。部活と勉強の両立、部員同士のいざこざ……吹部ならずとも共感必至の、青春エンタメ小説、第１弾。

見どころ

ここでもっとも印象に残るのは、一年生の麗奈と三年生の香織のトランペットソロ対決だろう。コンクールの出場メンバーとソロは、昨年度まで学年順と決まっていた。新顧問の滝はそれをオーディション選考にすると決める。部員たちは仕方なく従うが、本音は、出場メンバーは上級生、ソロは三年生が当然という考えだ。だから、ソロが麗奈に決まってからの展開は、まったく予想できなくなる。

全国レベルの実力があるが生意気な一年生と、演奏が上手で誰にでも好かれる三年生。どっちの味方かで部内が二分される。女子のグループが作りがちな険悪な空気は、いかにも解決が難しそうだ。香織が隠れてソロの練習をするのも、ソロへの未練があるからだ。

不穏な日々が過ぎたのち、本番の前日という衝撃的なタイミングだ。退路を断った香織の必死さ、いきなり対決せざるをえない麗奈の動揺。二人のピリピリするほどの緊張感。そして、誰にもわかる圧倒的な実力の差——。

再度のソロの決定が滝や部員の多数決になったら、香織が負けただけの結果になっただろう。大事なのは、香織が「麗奈がソロをやるべきだ」と自分から認めることだ。だから滝はあえて香織に聞く。「中世古さん、あなたがソロを吹きますか？」

沈黙のあと、香織が答える。「吹かないです」「……吹けないです」

そして香織は、麗奈に向かって言う。「ソロは、あなたが吹くべきやと思う」

香織が自分で納得して初めて、本人も周囲も前に進める。著者が差し出す正しい道筋に共感しながらも、香織が抱えたつらさや切なさがわかって、読み手の涙腺までも決壊する。

香織の姿を見て、久美子はいままで自分がどこか逃げ道を作ってきたと気づく。感動が人を変えるというメッセージが、この物語の核心でもある。

響け！ユーフォニアム2

北宇治高校吹奏楽部のいちばん熱い夏

（2015年3月5日発行／宝島社文庫）

あらすじ

滝昇の指導のもと、めきめきと力をつけ関西大会出場を決めた北宇治高校吹奏楽部。全国大会を目指し、日々練習に励む部員のもとへ、突然、部を辞めた希美が復帰したいとやってくる。しかし副部長のあすかは頑なにその申し出を拒む……。コンクールに向けての部員たちの心の揺れを描いた、切なさ極まる第2巻。

見どころ

前巻で、部内にタブーとして存在していた昨年の部員大量退部事件。部を辞めた希美が復帰したいと申し出たことで、その全容が明らかになる。

一斉退部した大半は、吹奏楽部の強豪校、南中出身者だった。中学最後のコンクールが京都大会で終わった彼女たちは、高校の部活に賭けていた。ところが、昨年までの部は、顧問も上級生もやる気なし。本気で楽器をやりたい一年生たちが、上級生とぶつかり退部したという次第だった。

事の経緯が当事者の希美の言葉で語られるから、当時の部内の様子にもリアリティがある。部活が存分にできなかった希美の悔しさや、関西大会に行くほどに成長した今年の部に参加したいという必死さも胸に迫る。応援でもいいからと言っているので、希美の復帰に問題はなさそうだ。だが、副部長のあすかはなぜか許可しない。

後半は、その理由となる二年生のみぞれを中心に物語が展開する。部内で唯一のオーボエ奏者のみぞれは、自主練するほど練習熱心。にもかかわらず、人に無関心でコンクールが嫌いだ。仲がよかった希美が、同じ南中出身の自分に何も言わずに退部したのがショックで、いまも立ち直れていない。以来、部活も演奏も楽しめず、希美と会うのが怖くなったという。じつは、副部長のあすかは、みぞれのそんな精神状態が演奏に及ぼす悪影響を危惧していたのだ。

希美の件は、人によってはそれくらいと思われるかもしれない。だが、みぞれにとって、希美は「特別な」友達だ。彼女は希美に誘われて部活に入り、希美と一緒にいたいから練習に励んできた。希美が部を去っても、彼女との共通点を維持するために楽器を続けてきた。熱のこもったみぞれの告白から、危うい思いが伝わってくる。

一方、希美にとってのみぞれは、「普通の」友達だ。退部を誘わなかった理由をみぞれに聞かれても、言い繕って謝っただけ。みぞれがどんなに傷ついたか、知る由もない。それでもみぞれは希美の言葉に納得し、見違えるほど生き生きし始める。二人の気持ちはこの先もすれ違ったままだろう。その切なさ、もどかしさが、心に残り続ける。

響け！ ユーフォニアム3
北宇治高校吹奏楽部、最大の危機

（２０１５年４月４日発行／宝島社文庫）

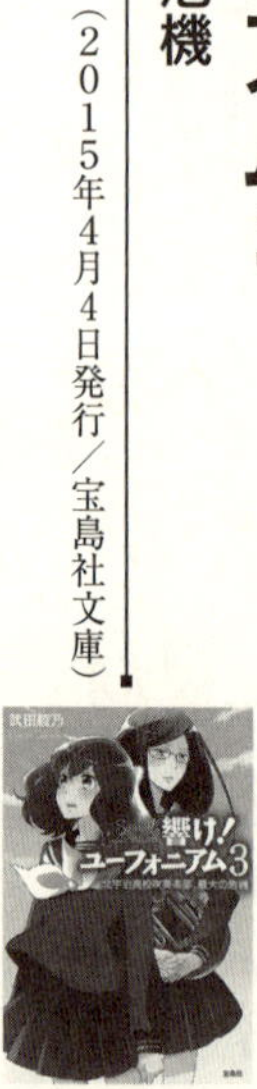

あらすじ

猛練習も日常となり、雰囲気もかなり仕上がってきた矢先、北宇治高校吹奏楽部に衝撃が走る。副部長で、部の要とも言える三年生のあすかが、全国大会を前に部活を辞めるという噂が流れてきたのだ。母親との確執から、受験勉強を理由に退部を迫られているらしい。これまで傍観者だった久美子が、部の最大の危機に立ち上がる——。

見どころ

副部長で低音のパートリーダーでもある田中あすかは、部内の皆が頼るまとめ役。容姿端麗で、勉強もスポーツも楽器も万能だ。面倒見がいいが、一方でどこか利己的で他人と距離を置いている。そんな彼女の内情が、思わぬ形で発覚する。

あすかの母親が、学校に怒鳴り込んできたのだ。あすかは部活を続けたいが、母親は受験勉強の邪魔になるから全国大会前に部活を辞めさせると言う。あすかはいつもどおりの冷静さて、教師に謝り母親をなだめる。

あすかの家の事情、彼女の進退と全国大会に向けての部の態勢。本番まで一カ月を切ったのに、答えが見えない。部内は不安でガタガタだ。そんななか、あすかが久美子に、母親との確執や別れた父親への思いを打ち明ける。それがあすかが退部する理由であれば、久美子にはなす術がないように思えた。だが、久美子の姉、麻美子の話をきっかけに、物語は意外な方向に展開する。

麻美子は小学生で始めた楽器を中学受験のためにやめた。中学・高校と勉強に励み、東京の大学に進学したが、退学して美容師を目指すという。

「いままで、ずっと大人のふりばっかりしてた。わかったふりして、やりたいことを呑み込んで。……高校生だったあのときに、私は大人のふりをすべきじゃなかったのよ」

麻美子は、進路を自分で決めず周囲に流されてきたという。麻美子が久美子に語った後悔は、親に逆らえなかった経験がある人なら、一度は胸に抱いたことがあるのではないか。姉の言葉が胸に響いた久美子は一大決心する。母親の要求に従おうとするあすかを止めるため、直談判するのだ。

「後悔するような選択肢を、自分から選ばないでください。大人なふりをして、傷ついてないように振る舞うなんて、絶対に間違ってる」

いままでの久美子は、あすかの容赦のなさが怖くて言いたいことも言えないでいた。しかしいま、彼女は傷つくことも忘れて、あすかに自分の気持ちをぶつけた。そこからすべてがいい方向へと回り出す。明るく爽やかな解決に、思わず励まされる。

響け！ ユーフォニアム

北宇治高校吹奏楽部のヒミツの話

（２０１５年５月25日発行／宝島社文庫）

あらすじ

北宇治高校吹奏楽部の日常を描いた、十四作からなる短編集。葵が部活を辞めた本当の理由が明かされる「あの子には才能がある」。葉月が秀一を好きになったきっかけとその後の顛末をつづった「好きな人の好きな人」。さらには秀一と久美子の恋の行方を描いた「とある冬の日」など、ユーフォニアムシリーズファン必読の、甘酸っぱくてちょっぴり切ないヒミツの話をたっぷり収録！

見どころ

この短編集に収録された十四話の大半は、一話が十ページ余りとごく短い。なかには数分間の会話を中心にしただけのものもあるが、これがなかなか中身が濃い。また、これまでの物語は久美子の視点で語られてきた。ここではほかのメンバーの視点から語られているものも多く、彼女らの魅力も楽しめる。

たとえば「あの子には才能がある」だ。まずは、三年生の葵が部活を辞めた理由が繊細な心理描写で描かれ、なるほどと思える。だが、もっと印象深いのは、葵とあすかのやり取りだ。一見穏やかだが、ピリッとするような毒をはらんでいる。

葵はあすかに、自分のわだかまりを伝える。「部活辞めて悪かったなってホントは思ってるの。……でも、どうしても受験で受かりたくて――」と。だが、返ってきたあすかの反応は、葵が予想したものとは違った。微笑んで「大丈夫やって」「一人ぐらいいなくなっても全然問題ないよ」と答えるのだ。辞めた葵に気遣いを見せるふりをしながら、じつは葵を切り捨てる。人の気持ちを読むあすかの鋭さは、ときに容赦のない攻撃に変わる。その周到な対処の仕方に、妙な小気味よさがある。

かと思えば、「好きな人の好きな人（前後編）」は、いかにも十代にありそうな初恋の話だ。葉月が秀一に楽器を運ぶのを手伝ってもらう。お互いの手が触れ、葉月の心にビビッと衝撃が走る。彼女が恋に落ちる瞬間が、あちゃーというほどリアルだ。久美子と秀一が一緒にいるところを見たときの葉月のショック、「うだうだとしているのが嫌」という短気な気持ちなど、恋愛初心者ならではの心理が鮮やかに描かれる。

結局、葉月の恋は叶わないが、みじめな感じはしない。傷つき切ない思いはしても、精いっぱいの行動に納得感がある。葉月みたいな女子には、この先もっと素敵な恋が絶対待っている。そう確信させる物語なのだ。

響け！ユーフォニアムシリーズ

立華高校マーチングバンドへようこそ　前編

（2016年8月4日発行／宝島社文庫）

あらすじ

マーチングバンドの演奏を見て以来、憧れだった立華高校吹奏楽部に入部した佐々木梓は、さっそく強豪校ならではの洗礼を受ける。厳しい練習に、先輩たちからの叱責。努力家で完璧主義の梓は、早く先輩たちに追いつけるよう練習に打ち込むが、楽器を演奏しながら動くことの難しさを痛感する――。久美子の中学時代の友人で、強豪・立華高校に進学した梓の心の成長を描く、立華高校シリーズの前編。

見どころ

「立華やないと行けへん場所に、私がアンタらを連れてってたるわ」。顧問のこれ以上ない言葉でスタートした立華の吹奏楽部。強豪校ならではの華やかな舞台が立ち上がる。同時に、ごく早い段階から一年生の梓の言動が心にひっかかる。梓は、楽器の練習は人一倍努力し、「頼られてるのが好きやねん」と世話焼きを自称する。

演奏はハイレベルで友達も多い。なのに、楽しそうじゃない。同級生から称賛を浴びると、喜びながらも「過剰な称賛は確実に敵を生み出してしまう」と警戒する。誰にも負けたくないが「強すぎる自負心は、ときに対人関係を悪化させる」と、その気持ちを人に見せない。周囲との摩擦を避けようと細心の注意を払う姿が、しんどそうなのだ。

中学三年生のとき、同級生の芹菜は梓のことをみんなに八方美人する「嫌われたくない病」だと言った。その芹菜に、梓は中学卒業以来、初めてばったり会う。芹菜の「梓って、ちっとも変わってないんやな」という刺《とげ》のある言い方が、かつて二人のあいだに梓が原因のトラブルがあったことを示している。梓は過去の嫌なことは思い出さないようにしているという。前向きなようだが、問題は置き去りにしたままだ。

初心者のあみかの面倒見役を引き受けた梓は、何かとあみかの世話を焼く。だが、やがて梓がいつまでもあみかを初心者扱いすることを、周囲が問題視するようになる。あみかも自分が梓に頼りすぎることで「このままじゃ、自分の足で立てなくなっちゃう」と言うほど追いつめられる。梓だけが「何も問題ない」と言い張るのだ。当初は、甘えん坊のあみかに問題があるように思えたのに、じつは梓が自分の問題に気づいていない。その様子が真に迫る。

あみかと宇治川に行った梓が、テレビで女鵜匠が鵜に紐を巻いているシーンを思い出す。「きつすぎてもダメ。緩すぎてもダメ」。紐の縛り方の加減を理解するのは、自分には難しいと梓は思う。このつぶやきが、彼女の人との距離の取り方の難しさを見事に表わしている。

響け！ユーフォニアムシリーズ
立華高校マーチングバンドへ ようこそ　後編

（２０１６年９月６日発行／宝島社文庫）

あらすじ

全日本マーチングコンテストに向けて、過酷な特訓を重ねる立華高校吹奏楽部の部員たち。一年生ながらコンクールのＡメンバーに選ばれた梓も日々練習に励むが、梓に相談もなくカラーガードを志望したあみかとのあいだにはしこりを残したままだった。梓の胸に蘇る、中学時代のトラウマ。そんななか、マーチングコンテストを目の前にして思わぬアクシデントが起こり……。強豪校で成長する部員たちを描く、立華高校シリーズ完結編。

見どころ

梓が面倒を見ていたあみかは、自分からカラーガードを希望し、メンバーに決まった。初心者のあみかを指導するのは、厳しいと有名な三年生の桃花だ。桃花とのスパルタ練習に、あみかは毎回泣いている。心配する梓があみかを助けようとするが、同じ一年生で同じパートの志保に止められる。

「ほんまはずっと、あみかに下手くそな初心者のままでいてほしいと思ってるんやろ。自分があの子に頼られたいから」

　中学三年生のとき、梓は同じようなことを言われて親友だった芹菜に絶交された。自分より下の子と一緒にいて、助ける立場にいる自分に酔っていると言われたのだ。

　志保や芹菜の梓への指摘は、たぶん間違ってはいない。梓はかつて芹菜を傷つけ、今度はあみかに同様のことをしようとしている。でも、ここまで言われては梓に弁解の余地がない。プライドもボロボロだ。梓が心のどこかで問題を自覚していたとしても、解決できない。結局、芹菜との関係は壊れたまま。いまはあみかを拒絶してしまう。

　だが、この困難な事態を、先輩の未来がぽんと解決した。自分は友達を利用していた、このままじゃいけないとわかっていても、それを認める勇気がなかった。そう告白する梓に未来は言う。「利用して何が悪いん？」

　未来は、友達同士、お互いに得るものがあれば、利用し合うのはＯＫだと認めるのだ。梓は、芹菜に「梓にとって、私は何？」との問いに答えられなかったことにも苦しんでいる。だが、未来は軽く答える。「そんなん、その子のことが好きやから一緒にいたに決まってるやん」

　そして未来は、梓のことが好きだという。「何かをしてくれるから好き」なのではなく、ただ好き。友達でいることの理由はそれだけで充分だと。

　自分が頼られる人間でないと、必要とされなくなる。そんな脅迫観念から、梓はやっと解放される。長いあいだ傷ついていた彼女の心が修復されていくさまに、心がじんと温かくなる。

おもな登場人物

〔北宇治高校編〕

個性豊かな北宇治高校&立華高校の吹奏楽部部員と、それらを取り巻く人物たち。ここではシリーズのおもな登場人物のプロフィールを、ご紹介します。

黄前　久美子（おうまえ・くみこ）

1年生／8月21日生まれ／獅子座／A型／162cm

担当楽器	ユーフォニアム
好きな色	白、黄
趣　　味	音楽を聞くこと、家でダラダラすること
特　　技	缶に入ったコーンスープを飲むときに、ひと粒も残さず飲むことができる
好きなもの	卵料理、洋菓子。大好物はオムライスとショートケーキ
嫌いなもの	虫！　とくにトビケラ！

高坂　麗奈（こうさか・れいな）

1年生／5月15日生まれ／おうし座／O型／158cm

担当楽器　トランペット
好きな色　青、白
趣　　味　映画鑑賞（映画は1人で見に行く）
演奏会には父とよく行く
特　　技　トランペット、ピアノ。ピアノは5歳から始めた
好きなもの　パスタ、柑橘系のジュース
嫌いなもの　納豆

加藤　葉月（かとう・はづき）

1年生／2月13日生まれ／水瓶座／A型／155cm

担当楽器　チューバ
好きな色　黄、橙
趣　　味　テニス
特　　技　小さいころ空手をやっていた
好きなもの　菓子
嫌いなもの　野菜

川島　緑輝（かわしま・さふぁいあ）

1年生／11月3日生まれ／さそり座／B型／148cm

担当楽器　コントラバス
好きな色　ピンク、パステルカラー
趣　　味　お菓子作り、ぬいぐるみ収集
特　　技　料理、裁縫が得意
好きなもの　甘いもの、可愛いもの全部。爬虫類が大好き。ペットはイグアナ（名前はマカロン）
嫌いなもの　苦いもの、可愛くないもの、パソコン（操作方法がわからないから）

田中　あすか（たなか・あすか）

3年生／12月25日生まれ（誕生日ケーキとクリスマスケーキが一緒にされる）／山羊座／AB型／171cm

担当楽器　ユーフォニアム
好きな色　黒、赤
趣　　味　読書、水族館に行くこと
特　　技　百人一首がめちゃくちゃ強い（大会で優勝したこともある）
好きなもの　猫、コーヒー、ビターチョコ、使える人
嫌いなもの　犬、ココア、ミルクチョコ、使えない人

小笠原　晴香（おがさわら・はるか）

3年生／10月28日生まれ／さそり座／O型／165cm

担当楽器　バリトンサックス
好きな色　白、黒
趣　　味　ロック鑑賞、ライブに行くこと
特　　技　けん玉
好きなもの　こってりしたもの、ラーメン、焼き肉
嫌いなもの　ふわふわしたもの、ワッフル、パンケーキ

塚本　秀一（つかもと・しゅういち）

1年生／9月18日生まれ／乙女座／A型／181cm

担当楽器	トロンボーン
好きな色	青、緑
趣　　味	漫画。ジャズのCDを買いあさる
特　　技	ゲーム
好きなもの	冷ややっこ、スナック菓子、揚げもの
嫌いなもの	トマト。ケチャップは平気

鎧塚　みぞれ（よろいづか・みぞれ）

2年生／7月2日生まれ／蟹座／AB型／154cm

担当楽器	オーボエ
好きな色	青、紺、灰
趣　　味	家で飼っている猫と一緒にダラダラすること
特　　技	音ゲー、心理戦のゲームが強い
好きなもの	ソーダ味のお菓子、炭酸ジュース
嫌いなもの	電波の悪い場所

中川　夏紀

（なかがわ・なつき）

2年生／6月23日／蟹座／A型／156cm

担当楽器　ユーフォニアム
好きな色　紫、黒
趣　　味　ギター、カラオケ
特　　技　計算がめちゃくちゃ早い、でも数学は苦手
好きなもの　クマ！　からい食べ物
嫌いなもの　抹茶、あんこ

吉川　優子

（よしかわ・ゆうこ）

2年生／4月15日生まれ／牡羊座／B型／156cm

担当楽器　トランペット
好きな色　黄色、ピンク
趣　　味　ギター、カラオケ
特　　技　神経衰弱で負けたことがない
好きなもの　香織先輩、コロッケ
嫌いなもの　そば、静電気

長瀬　梨子

（ながせ・りこ）

2年生／4月23日生まれ／牡牛座／O型／163cm

担当楽器　チューバ
好きな色　薄紫、水色
趣　　味　食べ歩き
特　　技　料理
好きなもの　肉じゃが、おでん
嫌いなもの　きのこ、刺身

後藤　卓也

（ごとう・たくや）

2年生／5月25日生まれ／双子座／A型／185cm

担当楽器　チューバ
好きな色　緑、黒
趣　　味　じいちゃんと将棋
特　　技　クレーンゲームが上手い
好きなもの　ラーメン、とんかつ
嫌いなもの　こんにゃく、0カロリー食品

傘木　希美

（かさき・のぞみ）

2年生／12月3日生まれ／射手座／A型／159cm

担当楽器　フルート
好きな色　紫、ピンク
趣　　味　写真を撮ること
特　　技　ダンス
好きなもの　納豆、オクラ、山芋
嫌いなもの　カニカマ、はんぺん

斎藤　葵

（さいとう・あおい）

3年生／1月15日生まれ／山羊座／A型／155cm

担当楽器　テナーサックス
好きな色　水色
趣　　味　お絵かき
特　　技　上手くも下手でもない似顔絵を描くこと
好きなもの　ライチ、グレープフルーツ
嫌いなもの　食パン、ピーナッツバター、勉強

中世古　香織

（なかせこ・かおり）

3年生／9月3日生まれ／乙女座／A型／166cm

担当楽器　トランペット
好きな色　白
趣　　味　お菓子作り、あすかとカフェ巡りすること
特　　技　茶道と華道を小さいころから習っている
好きなもの　スイーツ
嫌いなもの　虫、人混み

滝　昇 （たき・のぼる）

吹奏楽部の顧問／34歳／8月23日生まれ／獅子座／A型／184cm

好きな色　黒、青
趣　　味　寺社仏閣巡り
特　　技　ホルン・トロンボーンは上手に吹ける
好きなもの　抹茶、漬物、八つ橋
嫌いなもの　黒酢、生八つ橋

松本　美知恵

（まつもと・みちえ）

吹奏楽部の副顧問／43歳／10月28日生まれ／さそり座／O型／166cm

家族構成　夫、娘、息子
好きな色　カーキ
趣　　味　宝塚を見に行く
特　　技　歌が上手い
好きなもの　たけのこ、煮物、水ようかん
嫌いなもの　ポップコーン、ピーナッツ

滝　透 （たき・とおる）

昇の父／63歳

10年前まで北宇治高校の顧問だったが、定年退職後の現在は町内の登山会に入っている

橋本真博

（はしもと・まさひろ）

パーカッション指導の外部の先生。滝先生とはよき友

新山 聡美

（にいやま・さとみ）

木管楽器指導の外部の先生。若くて美人。

黄前 麻美子

（おうまえ・まみこ）

久美子の姉／21歳／1月25日生まれ／水瓶座／O型／165cm

好きな色　エメラルドグリーン
趣　　味　買い物
特　　技　整理整頓
好きなもの　卵料理
嫌いなもの　虫

〔立華高校編〕

佐々木　梓（ささき・あずさ）

1年生／3月7日生まれ／うお座／A型／157cm

担当楽器　トロンボーン
好きな色　水色
趣　　味　トロンボーン、ボーリング（小さいころ母親とよく行った）
特　　技　トロンボーン、プリクラの落書きのセンスがいい
好きなもの　ポテチ、焼き芋、じゃがバター、練習
嫌いなもの　予定のない休日

名瀬　あみか（なせ・あみか）

1年生／7月13日生まれ／蟹座／B型／152㎝

担当楽器　トロンボーン（ガード）
好きな色　ピンク、黄色
趣　　味　小物作り
特　　技　洗濯物を綺麗にたたむこと
好きなもの　クリームのある食べ物、梓ちゃん！
嫌いなもの　からい食べ物、運動、喧嘩

柊木　芹菜（ひいらぎ・せりな）

1年生（北宇治高校）／11月21日生まれ／さそり座／AB型／155㎝

好きな色　青、黒
趣　　味　読書、音楽を聴くこと
特　　技　人の弱点がすぐわかる
好きなもの　冷凍ミカン、ラベンダー、ほうじ茶、佐々木梓
嫌いなもの　スリッパ、クリームパン、煎茶、佐々木梓

戸川　志保（とがわ・しほ）

1年生／1月13日生まれ／山羊座／A型／165cm

担当楽器	トロンボーン
好きな色	緑
趣　　味	読書、水彩画
特　　技	努力すること
好きなもの	少年漫画、ハムエッグ、努力家
嫌いなもの	少女漫画、温泉たまご、要領のいいやつ

的場　太一（まとば・たいち）

1年生／10月28日生まれ／さそり座／AB型／158cm

担当楽器	トロンボーン
好きな色	黒、青
趣　　味	昼寝、飼っている亀の散歩
特　　技	ジェンガのギリギリの箇所を抜くこと
好きなもの	寿司、牛丼、ジャズ
嫌いなもの	よくわからないオシャレな食べ物、努力

西条　花音 （さいじょう・かのん）

1年生／5月28日／ふたご座／O型／155cm

担当楽器　フルート（ガード）
好きな色　赤！　金色！
趣　　味　ライブ鑑賞、美音とカラオケに行くこと
特　　技　身体が柔らかい、利きプリン
好きなもの　プリン、肉類、トンカツ、お笑い番組
嫌いなもの　ヨーグルト、美音を馬鹿にされること

西条　美音 （さいじょう・みおん）

1年生／5月28日生まれ／ふたご座／O型／155cm

担当楽器　オーボエ（ガード）
好きな色　青！　銀色！
趣　　味　ライブ鑑賞、花音と夜のお散歩に行くこと
特　　技　身体が柔らかい、利きヨーグルト
好きなもの　ヨーグルト、野菜、カルボナーラ、海外ドラマ
嫌いなもの　プリン、花音を馬鹿にされること

瀬崎　未来（せざき・みらい）

3年生／12月13日生まれ／いて座／B型／158㎝

担当楽器　トロンボーン
好きな色　白、水色
趣　　味　ジョギング
特　　技　乗馬
好きなもの　サーモン、海
嫌いなもの　イクラ、鏡

小山　桃花（こやま・ももか）

3年生／5月7日生まれ／牡牛座／B型／155㎝

担当楽器　ファゴット（ガード）
好きな色　ピンク
趣　　味　自撮り
特　　技　写真加工、ダンス
好きなもの　パフェ、パンケーキ、頑張る子
嫌いなもの　キムチ、焼き肉のニオイ、頑張らない子

神田　南
（かんだ・みなみ）

3年生／7月26日生まれ／獅子座／A型／161cm

担当楽器　パーカッション（ドラム.メジャー）
好きな色　紺、藍色
趣　　味　プラネタリウムで寝ること
特　　技　にらめっこでは負け知らず
好きなもの　深海魚、アクアリウム、アジの開き
嫌いなもの　子ども（扱い方がわからないから）

森岡　翔子
（もりおか・しょうこ）

3年生／2月3日生まれ／水瓶座／A型／165cm

担当楽器　ホルン
好きな色　赤、青、黄、緑
趣　　味　ピアノ、パン屋巡り
特　　技　美味しそうなごはん屋さんを見つけること
好きなも　サーモンとチーズのサンドウィッチ、カスクート
嫌いなもの　ねこまんま

橋本　杏奈
（はしもと・あんな）

2年生／9月11日生まれ／乙女座／O型／156cm

担当楽器　トロンボーン
好きな色　オレンジ
趣　　味　食品サンプル集め
特　　技　食品サンプルを作ること
好きなもの　ミニチュア、食べ物の造形、遊園地
嫌いなもの　シャツのボタンをいちばん上までしめること、お化け屋敷

高木　栞
（たかぎ・しおり）

3年生／4月28日生まれ／牡牛座／A型／163cm

担当楽器　トロンボーン
好きな色　薄紫
趣　　味　文房具集め
特　　技　間違い探し
好きなもの　冷ややっこ、湯葉
嫌いなもの　あったかくない布団

三川　啓二
（みかわ・けいじ）

外部マーチング指導者／51歳

ロマンスグレーの紳士のような見た目から繰り出される叱咤。マーチング指導者で、立華とは長い付き合い

熊田　祥江
（くまだ・さちえ）

吹奏楽部の顧問／52歳／2月18日生まれ／水瓶座／A型／165cm

好きな色　パープル、ヒョウ柄
趣　　味　演奏会に行くこと、ホテルのバイキング
特　　技　ピアノ、クラリネット、ホルン
好きなもの　幸富堂の栗まんじゅう
嫌いなもの　かき氷

＼オザワ部長責任編集／

「吹奏楽部」日誌

　ご存じのとおり、『響け！ ユーフォニアム』シリーズは吹奏楽部を舞台にした青春ストーリーです。

　そこで、この世界をより楽しめるように、吹奏楽の基礎知識、部活・楽器のこと、意外にディープな裏事情などを、《吹奏楽あるある》の権威（？）でもある吹奏楽作家・オザワ部長がオモシロ解説します！

「吹奏楽」の基礎知識

経験者にとっては当たり前のことでも、未経験の人にはチンプンカンプンなこともある吹奏楽。そこで、Q&A形式で吹奏楽の基礎知識をレクチャーしてみました。経験者にとっても「そうだったんだ！」と新たな発見があるかも!?

Q1 そもそも吹奏楽ってなんですか？

A 「吹いて奏でる音楽」という言葉のとおり、管楽器を主体にし、打楽器・弦楽器とともに演奏する音楽です。歴史的に言うと、中世のトルコの軍楽隊、キリスト教音楽などの流れがあり、フランス革命（一九七八年）のときにパリで作られた国民軍軍楽隊で現在の吹奏楽に近い形になりました。日本で吹奏楽が演奏されたのは、あの黒船のペリーが軍楽隊を連れて上陸したときが最初と言われています。そのときは『ヤンキードゥードゥル（アルプス一万尺）』などを演奏したという記録が残っています。

Q2 吹奏楽を英語で言うと「ブラバン」なんですか？

A じつは、違います。「ブラバン」は「ブラスバンド」の略ですが、ブラスバンドは金管バンドを意味します（ブラス＝金管楽器の素材におもに使われる真鍮《しんちゅう》という金属）。木管楽器は使わずに、フリューゲルホルンやテナーホーンなど吹奏楽ではあまり使われない楽器を中心とした編成のバンドを「英国式ブラスバンド」と呼び、一般的にブラスバンドというと英国式ブラスバンドのことを指します。ヨーロッパではこの英国式ブラスバンドがとても盛んで、全英選手権やヨーロッパ選手権など大きな大会も行われています。つまり厳密に言うと「ブラバン（ブラスバンド）」は吹奏楽とは違うものですが、日本では吹奏楽の愛称として親しまれているのです。

Q③ どうしてフルートは金属なのに木管楽器なんですか？

A 管楽器（空気の流れで音を出す楽器）には「金管楽器」（トランペット、チューバなど）と「木管楽器」（フルート、サクソフォンなど）があります。楽器のボディの素材が金属製だと金管、木製だと木管……と思いますよね？　じつは、素材はまったく関係ありません。唇をブルブル震わせて音を出す管楽器を金管楽器、それ以外を木管楽器と呼ぶのです。だから、ボディが金属製のフルートやサクソフォンも木管楽器に分類されます。同様に、誰もが一度は吹いたことがあるリコーダーやハーモニカも唇を震わせないので木管楽器です。

Q④ ドがドじゃないって、どういうことですか!?

A 管楽器で「ド」を吹くと、当然ピアノで「ド」の鍵盤を押したのと同じ音が出ると思いますよね？　もちろん、フルートやオーボエは普通の「ド」の音が出ます。が、クラリネットやトランペットで「ド」を吹くと「シの♭」が、アルトサクソフォンやバリトンサクソフォンは「ミの♭」、ホルンでは「シの♭」や「ファ」が鳴ります。ややこしいです。ピアノの「ド」とは違う「ド」が出る楽器のことを「移調楽器」と呼びます。ピアノを習ってきた人が吹奏楽部に入ると、この「ドじゃないド」で頭がこんがらがってしまうのは《吹奏楽部あるある》のひとつです。

Q⑤ 管楽器は肺活量がないとできないの？

A そんなことはありません。もちろん、肺活量があるに越したことはないですが、肺活量が少ない小学生でも管楽器の演奏はできます。重要なのは、たとえ息の量がそんなに多くなくてもいかに効率的に楽器を鳴らすか、というテクニックなのです。

Q⑥ 吹奏楽部の男子はハーレムを味わえますか？

A はっきり言いますが、あまり期待しないでください……。現在、多くの吹奏楽部では男女比が三対七や二対八、なかには部内に男子が一、二名しかいないというところもあります。そういう状況では、女子の力が圧倒的に大きくなり、男子は隅っこに追いやられがち。部活は女子中心に動き、男子が存在感を示すのは重い楽器を運ぶ（運ばされる）ときと定期演奏会で女装ダンスを披露する（させられる）ときだけ……といったことも。モテモテ男子もいることはいますが、非常にまれです（涙）。

Q7 やっぱり音楽をやっている女の子たちは皆お嬢様ですか？

A 演奏をしている姿だけを見ると「お嬢様」「上品」「おとなしい」といったイメージを持たれることが多い吹部女子。しかし、『響け！ユーフォニアム』の登場人物を見ればわかるとおり、ほとんどがごく普通の女の子たちです。むしろ、現実の吹部女子は「お嬢様」イメージとはまったくちが……いえ、なんでもありません。

Q8 吹奏楽部員は勉強ができるというイメージがありますが、本当ですか？

A しばしば「吹奏楽部には勉強のできる生徒が集まっている」と言われます。確かに、成績が学年でトップクラスの部員もいます。しかし、勉強が苦手な部員も少なくありません。また、運動部並みの身体能力を持つ部員もいますが、それも一部です。要するに、吹奏楽部は部員数が多いので、勉強や運動ができる生徒もそうでない生徒も集まっている、ということなのです。

Q9 吹奏楽部はよく職員室に来ていますが、何をしているんですか？

A 顧問と演奏会のプログラムを考えたり、部内での悩みを相談したり、新しい楽譜を受け取りに来たり……。えっ、部員全員で先生のところに来ていた？　それはおそらく練習で先生がキレて職員室に帰ってしまい、ミーティングで反省したあと、全員で謝りに来たのでしょう。これまた《吹奏楽部あるある》な光景です。

Q10 なぜ吹奏楽部なのによく合唱をしているんですか？

A ソルフェージュという基礎的な音楽の勉強のなかに、楽譜を見ながら歌う練習が含まれています。また、楽器を演奏するときには「歌うように吹く」ことが求められます。「歌えない曲を、楽器で吹くことはできない」とも言われますので、吹奏楽部では歌が重視されているのです。コンクールの曲などを歌うことを「口合奏《くちがっそう》」と呼びます。このように練習の一環として歌ううちに吹奏楽部員は歌が大好きになり、定期演奏会などでは自慢の合唱を披露することもよくあります。

Q11 なぜ文化部なのに、いつもジャージなんですか？

A もちろん、制服で活動している部もありますが、ジャージを基本にしているところもあります。最大の理由は「動きやすいから」でしょう。演奏の際に両脚を広げる楽器もありますし、楽器の運搬やパフォーマンスの練習などで体を動かすことも多いですが、ジャージであればスカートの裾を気にする必要がありません。また、練習時間が長いため、ズボンやスカートのお尻の部分がテカテカしてきてしまうことがありますが、ジャージなら大丈夫！　ジャージ最高！

Q12 吹奏楽コンクールって？

A 『響け！ ユーフォニアム』の北宇治高校だけでなく、実際に日本中の中学校・高校・大学・一般のバンドが挑んでいるのが吹奏楽コンクールです。年に一回開催され、だいたい七月ごろから各地で予選大会が始まります。高校の部では、八〜九月には北海道・東北・東関東・西関東・東京・北陸・東海・関西・中国・四国・九州という十一の支部から各二〜三校が代表に選ばれ、全三十校が秋に名古屋国際会議場センチュリーホールで行われる全日本吹奏楽コンクールに出場します。全日本吹奏楽コンクールは「吹奏楽の甲子園」と呼ばれ、全国の吹奏楽部員の憧れであり、目標ともなっています。

Q13 なぜコンクールで銅賞を取ったのに悲しんでいるんですか？

A 通常のコンテストやスポーツでは金は一位、銀は二位、銅は三位ですよね。「吹奏楽部が銅賞？　三位なんてすごいじゃん！」と思ってしまうのも無理はありません。しかし、一般的に吹奏楽コンクールの成績は金賞・銀賞・銅賞の三種類で発表されます。出場団体をおよそ三分の一ずつ分け、上位三分の一が金賞、次が銀賞、下位三分の一が銅賞になるわけです。あとはもう説明はいりませんよね……？

よくわかる

吹奏楽・マーチング用語集

専門用語も多く、単語を聞いただけではまったく意味がわからないものも多い吹奏楽・マーチングの関連用語たち。そこでここでは、吹奏楽部員がよく使う単語をピックアップし、解説します。準備はいいですか？　……「はい！」

部活

【意識】

吹奏楽部のミーティングの頻出ワード。「技術だけでなく、意識も高めていきましょう」「この前のコンクールは、演奏はよかったけど、意識が低かったと思います」など、意欲・マナー・集中力などをひっくるめて「意識」という言葉が使われています。吹奏楽部では「意識高い系」であることが求められるのです。

【一音入魂】

多くの吹奏楽部では活動のスローガンを掲げていますが、そのなかでもっともよく使われる言葉が「一音入魂」です。しばしば野球で使われる「一球入魂」をもじった言葉ですが、じつは「ひとつひとつの音に細かく神経を配って演奏する」というのは吹奏楽ではとても大事なこと。まさに吹部にぴったりのスローガンなのです。

【引退】

高校の場合、部活の引退時期はだいたい春や夏の大会などの終了後ですが、吹奏楽部の場合は吹奏楽コンクールで全国大会まで出場すると十月下旬。さらにマーチングコンテストの全国大会は十一月下旬です。大会がすべて一段落しても、二月や三月に定期演奏会がある学校では完全引退ではなく「仮引退」となり、受験が終わった三年生から順次部活に復帰します。そして、定期演奏会にもフル参加。吹奏楽部員にとって卒業式以上に泣けるセレモニー「卒部式」を経て、ようやく本当の引退になります。部活満喫できすぎです！

【しーっ！】

人数が多い吹奏楽部では、部員たちがそれぞれ私語をしていると収拾がつかなくなります。そんなとき、誰かが「しーっ！」と言い始めると、「しーっ！」「しーっ！」と徐々に周りに広まっていき、いつしか私語が収まって静かになります。なかには、「しーっ！」よりもよく聞こえる「すーっ！」（歯の隙間から鋭い音を出す）が定着してる学校もあります。ざわつきがちなミーティングのときや記念撮影のときには「しーっ！」が威力を発揮します。

【体育会系文化部】

吹奏楽部ではランニングや筋トレなどが練習に取り入れられているところもあります。それだけでなく、厳しい上下関係、実力社会、部活にかける熱さなどは運動部に勝るとも劣りません。人呼んで「体育会系文化部」！

【パーリー】

決して「パーティー」を英語っぽく発音しているわけではありません。「パーリー」とは、パートリーダーの略。楽器ごとのパートをまとめる人で、会社にたとえるなら支店長みたいなものです。ちなみに、パート練習は「パー練」と略されます。

【はい！】

吹奏楽部員は、入部から引退までに、この「はい！」をいったい何回口にするでしょうか……。部長から指示が出たら「はい！」、先生から演奏のよくないところを指摘されたら「はい！」、心のなかでは「はい」と思っていなくても「はい！」、よくわからなくてもとりあえず「はい！」。新入部員はまず「はい！」の練習から始めるという学校もあるほどです。タイミングよくフォルテッシモで「はい！」と言えるようになったら、立派な吹奏楽部員！

コンクール

【アンコン】

「あんこ」でも「アンポンタン」でもありません。「アンコン」とは、「アンサンブルコンテスト」の略。三～八人の少人数での演奏のことをアンサンブルと言います（アンサンブルには「合奏」「調和」という意味もあります）。アンコンも吹奏楽コンクールと同様に全国大会があります。

【A編成】

吹奏楽コンクールの高校の部は五十五人を参加上限とするA編成（大編成）と、三十五人や三十人を上限とするB編成（小編成）に分かれています。さらに、地域によってはC・D編成などが存在するところもあります。そのうち全国大会があり、課題曲と自由曲を演奏するのはA編成のみです。

【強豪校】

『響け！ユーフォニアム』にも、立華《りっか》高校や清良《せいら》女子高校といった吹奏楽の強豪校が登場します。吹奏楽の世界では「非常に上手で、コンクールで好成績を残す」ことを「強い」と表現し、全日本吹奏楽コンクールに出場するような学校を「強豪校」と呼んでいます。こんなところにも文化部らしからぬ「体育会系文化部」の片鱗が見えます。

【ゴールド金賞】

吹奏楽コンクールの成績発表では、「金賞」と「銀賞」が聞き分けにくいため、「金賞」を「ゴールド金賞」もしくは「金賞ゴールド」と発表します。そして、「ゴールド金賞」と発表された瞬間に、その団体が集まっている場所から「キャーッ！」という悲鳴に似た歓声が上がるのがお約束になっています。

【普門館《ふもんかん》】

東京都杉並区にあるホール。かつて全日本吹奏楽コンクールの会場として使用されたため、「全国大会＝普門館＝吹奏楽の甲子園」という図式ができあがり、「目指せ普門館」が全国の吹部でスローガンになっていました。二〇一一年に発生した東日本大震災のあとの調査で耐震強度不足が明らかになり、二〇一二年以降の全国大会は名古屋国際会議場センチュリーホールで行われています。いずれは取り壊される予定の普門館ですが、いまでも吹奏楽ファンのなかでは「吹奏楽の甲子園」「聖地」としてそびえ立っています。

演奏

【落ちる】

とくに、テンポが早くて難しい曲を合奏しているとき、途中でついていけずに脱落することがあります。それを「落ちる」と呼びます。

【音色】

この文字を見たときに「ねいろ」と読むのは吹奏楽部以外の生徒、「おんしょく」と読むのが吹奏楽部員です。意味的にはおおよそ同じですが、「おんしょく」と読んだほうがより「音楽をわかっている」感が出ます。

【金八】

「3年びぃーぐみぃー!」って……その金八ではありません。吹奏楽における「金八」とはアンサンブルの「金管八重奏」のことです。ほかにもアンサンブルの編成には「木五」「木八」「クラ三」「打三」などなどあります。なんの略だかわかりますか?

【ピッチ】

サッカーでは「グラウンド」、野球では「投球」、陸上競技では「ペース」といった意味で使われる言葉ですが、吹奏楽では「音の高さ」を意味します。楽団のなかでピッチを合わせることを「チューニング」と言います。ピッチが合っていることはいいサウンドの条件なので、顧問の先生は日ごろから口を酸っぱくして「ピッチを合わせろ！」と指示しています。

【迷子になる】

何小節も続けて休みがある楽譜で、どこから入っていいかわからなくなる状態のこと。

演奏会

【定演《ていえん》】

「定期演奏会」の略。吹奏楽の経験がない人にはほぼ「庭園」と聞き間違えられます。吹奏楽部にとっては、年間最大のイベント。ちなみに、プロの吹奏楽団では「定期」と略します。

楽器

【緑青】

「ろくしょう」と読み、銅に発生する青緑色のサビのこと。管楽器の素材には真鍮（銅と亜鉛の合金）が使われているので、手入れが行き届かない楽器には管体の表面にも内側にも緑青が発生します。内側にできた緑青は、汚れと混ざり合ってヘドロのような状態になり、内部を掃除するとデロ～ンと出てきます。この緑色のヘドロのようなものは「カニ味噌」「物体X」などと呼ばれることがありますが、アニメ『響け！ユーフォニアム』で川島緑輝《かわしまさふぃあ》の声を演じた豊田《とよた》萌絵《もえ》さんは、吹奏楽部時代に「思い出」と呼んでいたそうです。「たっぷり練習した成果や思い出が凝縮された物体」という意味でしょうか……。

マーチング

【カラーガード】

　マーチングでおもに「フラッグ（旗）・ライフル（模造の銃）・セイバー（模造のサーベル）」という三種の小道具を操ってパフォーマンスをする人のこと。国内のマーチングの大会としては、全日本吹奏楽連盟主催のマーチングコンテストと、日本マーチングバンド協会が主催するマーチングバンド全国大会のふたつが有名ですが、後者では、旗を振ったり、放り投げたりしながら華麗に踊るカラーガードの晴れ姿を見ることができます。

【カンパニーフロント】

　マーチングの演奏演技のクライマックス。全員が横並びの隊形をとり、大音量で演奏しながら審査員のいる正面に向かって前進していくこと。観客席からは大きな拍手とともに「わーっ！」「行けーっ！」などと声がかかり、最高に盛り上がります。

【テンハット】

　マーチングでドラムメジャーが発する「気をつけ」の号令のこと。実際には「テンハッ！」と聞こえます。「テン」は「アテンション（注意・気をつけ）」が短縮されたもの。

【ドラムメジャー】

　マーチングの指揮者のことで、マーチングの花形。略称は「ドラメ」。マーチングコンテストではドラムメジャーがバンドを先導して歩いたり、フロアでバトン（指揮杖）を回転させながら演技をしたりします。一方、マーチングバンド全国大会とその予選大会では、一般的にずっと指揮台の上で指揮をします。

【ドリル】

穴を開けるアレではありませんが、よく小学校でやった「計算ドリル」には近い意味の言葉です。「ドリル」とは「反復練習」の意味で、それが転じてステージやグラウンドなどで行われるマーチングの演奏演技のことを「ドリル」と呼びます。

【ランスルー】

マーチングの演奏演技を最初から最後まで通してやること。日が暮れてヘトヘトになるまで練習をしたあと、「最後にランスルーして終わりね」と言われると、部員たちは絶望のどん底に突き落とされます。

吹部スケジュール

年間スケジュール

4月　入学式での演奏、新入部員勧誘祭り
5月　GW(＝ガッツリ練習するウィーク)、1年生のお客様期間終了、コンクール曲練習開始
6月　体育祭での演奏、コンクール曲練習
7月　野球部応援、吹奏楽コンクール地区予選、夏休み(＝練習の日々)スタート
8月　合宿、吹奏楽コンクール都道府県大会
9月　地域のお祭りに出演、吹奏楽コンクール支部大会、マーチングコンテスト支部大会(※地域によって8〜10月)
10月　文化祭での演奏、全日本吹奏楽コンクール、幹部の世代交代・3年生仮引退
11月　全日本マーチングコンテスト、日本管楽合奏コンテスト
12月　マーチングバンド全国大会
1月　アンサンブルコンテスト(予選、都道府県、支部大会※地域によって12〜2月)
2月　阿鼻叫喚のバレンタインデー
3月　卒業式での演奏、全日本アンサンブルコンテスト、定期演奏会、卒部式

＊ひと言コメント＊

これ以外にも他校との合同練習・合同コンサート、サマーコンサート、地域のイベント・パレードなどへの出演、講習会参加など、学校によってさまざまな行事があります。とにかく言えるのは、吹奏楽部は年間を通じて大忙し、毎日充実しまくりだということ！

あるある!?

1日のスケジュール（平日）

7：10～ 8：15	朝練習（個人練習、パート練習中心）
8：15～ 8：30	片づけ・教室で待機
8：30～12：30	ホームルーム・授業
12：30～13：10	昼食・昼練習（自主練習）
13：10～16：00	授業
16：00～16：30	掃除など
16：30～19：00	放課後練習（合奏練習中心）
19：00～19：30	片付け
19：30	完全下校

＊ひと言コメント＊

朝練は、早い生徒だと6時30分ごろから開始するので、それに合わせて学校に来る先生も大変です。ちなみに、土日など休日には午前9時から午後5時ごろまでみっちり練習するケースが多いです。緻密な音楽作りには時間が必要なのです。

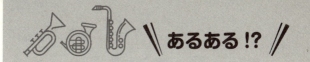

ユーフォニアム

担当キャラ＝黄前久美子、田中あすか、中川夏紀

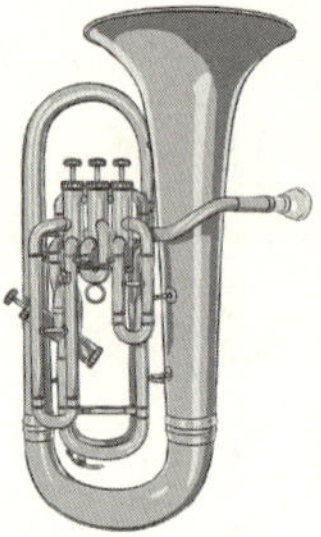

通称「ユーフォ」。『響け！ユーフォニアム』によってだいぶ世間に知られるようになったものの、以前は「知名度がないことで有名な楽器」という矛盾に満ちた存在でした。吹部以外の人に「ユーフォをやってる」と言うと、「えっ、UFO⁉」と聞き返されるのがお約束（小説でも、葉月が久美子に「なんよUFOって」と言っています）。そして、どういう楽器かを説明するときには「ちっちゃいチューバ」と言っておけば、だいたい理解してもらえます。

吹奏楽のなかでは中低音を担当。その柔らかい音は「ビロードのよう」と表現され、意外に速いパッセージもこなす機動力もあります。奏者には、久美子のようなおっとりしたタイプが多い傾向があります。

●ユーフォニアム経験のある有名人……二階堂ふみ、はるな愛

チューバ

担当キャラ＝加藤葉月、後藤卓也、長瀬梨子

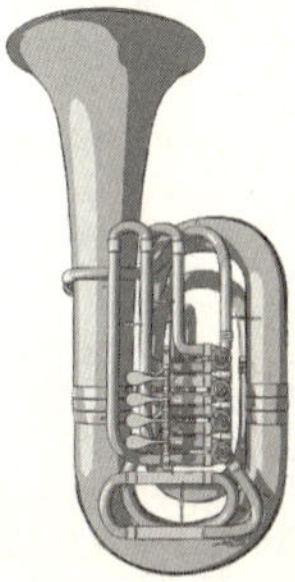

金管楽器で低音を担当しているチューバ。最大級のサイズや重量を誇ります。こだわりの強い奏者は「チューバ」ではなく、「テューバ」と呼びます。

演奏会の楽器紹介ではとりあえず「ぞうさん」を吹くのがお約束。とにかく目立つため、演奏会場ではちびっこたちに大人気です。大きなボディには周囲の光景が広く映り込むため、奏者は演奏しながら背後から近づく人を察知することができます。また、しばしば男子部員のあいだではチューバのベルに頭を突っ込んだり、ボディに耳をくっつけたりした状態でどれだけの大音量に耐えられるかという無意味な競争が行われます。

演奏面ではソロやメロディが回ってくることはめったになく、低音で音楽の「底」を支えるのがおもな役割。その大きさゆえに、奏者も後藤卓也のように体格のいい生徒が選ばれる傾向があります。チューバ男子はなぜか短髪率が高いです。

●チューバ経験のある有名人……
仲間由紀恵、坂本龍一

コントラバス

担当キャラ＝川島緑輝

「コンバス」「弦バス」「弦ベ」などと呼ばれるコントラバスは、吹奏楽のなかでは唯一の弦楽器（擦弦楽器）。巨大な木製のボディに張られた弦を、馬の尻尾の毛の弓で弾いたり、指でピチカートを奏でたりします。

サイズは大きいものの、なかは空洞なので、見た目ほどの重量はありません。それゆえ大柄＆力持ちの部員でなくても担当できる楽器で、緑輝のような小柄な女子が演奏することも珍しくありません。基本的に立ったまま演奏するので、練習のときにはほかの奏者のように座れずにつらい思いをしますが（専用の椅子がある場合は超楽チン！）、本番の演奏ではその演奏スタイルゆえに「脚が長く見える」というメリットもあります。

楽団のなかでは奥ゆかしい存在感のコントラバスですが、ポップス曲になると奏者はエレキベースに持ち替え、ノリノリのパフォーマンスを披露します。

●コントラバス経験のある有名人
……楽しんご

トランペット

担当キャラ＝高坂麗奈、中世古香織、吉川優子

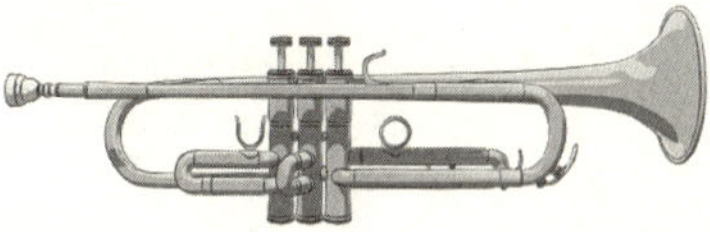

言わずと知れた吹奏楽の花形楽器。ほかの楽器は知らなくても、誰もがトランペットだけは知っています。なかでも、1st（ファースト）トランペットのトップ奏者は、たとえ性別が男だろうと女だろうとモテモテです。

メロディを担当しない曲がほとんどないほど、つねに演奏の美味《おい》しいところで主役を務め、ソロもたくさんあります。悩みといえば、音が目立つため、ミスをしたときも目立ってしまうこと。合奏練習中に音をはずし、前にいる木管奏者たちに振り返って見られるときの屈辱感はハンパないです。

通称は「ペット」「ラッパ」。「ラッパ」はよくトランペット奏者自身が使いますが、ほかのパートから「ラッパ」呼ばわりされるとちょっぴり不機嫌になります。

カッコよくて目立つうえに、ときどき『正露丸《せいろがん》のテーマ』を吹いて笑いまでとってしまいます。完璧すぎ！

●トランペット経験のある有名人
……豊田萌絵、渡辺謙、三倉茉奈、MISIA

トロンボーン

担当キャラ＝塚本秀一、佐々木梓、名瀬あみか、戸川志保、的場太一、瀬崎未来、高木栞、橋本杏奈

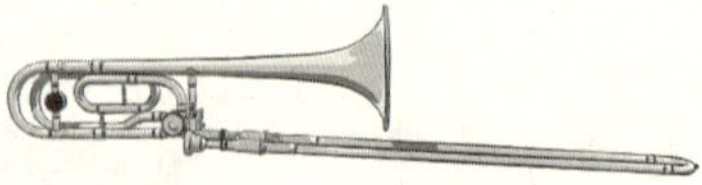

通称「ボーン」。かつては教会で宗教音楽を演奏するためによく使われたため、「神の楽器」とも呼ばれていました。U字型のスライドを前後に動かすという奏法が特徴的な金管楽器ですが、スライドには目盛りがついているわけではなく、奏者が感覚で位置を決めています。

スライドを操る関係上、手が長い生徒が担当に選ばれることが多いのですが、手が長い＝身長が高いということで、トロンボーンは平均身長が高いパートになる傾向があります。

演奏中にスライドが指から離れて飛んでいくとか、マーチングでほかの楽器にラリアットを食らわせるとか、スライドは《あるある》の宝庫。音楽室でトロンボーンの前に座っている奏者は災難で、背中にスライドアタックを決められたり、スライドの先にあるウォーター・キイ（ツバ抜き）からこぼれ出たツバ（念のため、水分です）が肩や背中にかかったりします。だいたい被害に遭うのはユーフォ……。

●トロンボーン経験のある有名人……指原莉乃（ＨＫＴ48）、柳原可奈子、ゴー☆ジャス

ホルン

担当キャラ＝森岡翔子

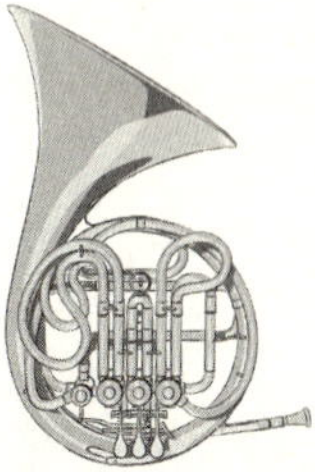

楽器に詳しくない人に「ホルンをやっている」と言うと、「あぁ、あのカタツムリみたいなのね」と返されるのがお約束の金管楽器。愛嬌《あいきょう》があって、機能美も感じさせる外観ですが、演奏は難しく、「もっとも難しい金管楽器」としてギネスブックに登録されているほどです。高貴で上品な音から、ゾウの雄たけびを思わせる勇壮な音まで、幅広く演奏できる楽器です。

ホルンの先祖は「角笛《つのぶえ》」で、それゆえに「ｈｏｒｎ（角）」という名前がつけられています。音が出るベルを後ろに向けた状態で吹く珍しい楽器ですが、それはかつて戦いや狩りの合図に使われていたときの名残で、後ろにいる仲間に合図を送るためだったと言われています。ホルンが現在の形になったのが十七世紀フランスでのことだったので、「フレンチホルン」と呼ばれます。ちなみに、「イングリッシュホルン」はまったく違う木管楽器です。

●ホルン経験のある有名人……福山雅治、堺雅人、つるの剛士

サクソフォン

担当キャラ＝小笠原晴香（バリトンサックス）、斉藤葵（テナーサックス）

開発した人がはっきりわかっている唯一の楽器（ベルギー人のアドルフ・サックス）。通称は「サックス」で、「サクソフォン」「サクソフォーン」「サキソフォン」などさまざまな書き方をされます。ほぼ金属製なのに木管楽器です。

サクソフォンには高音から低音までたくさんの種類がありますが、吹奏楽でおもに使われるのはソプラノ、アルト、テナー、バリトンの四つ。同じサックスでも立場が違い、ソプラノやアルトはメロディを多く担当する花形、バリトンは低音を支える渋い役割、そしてテナーはなぜかあまり目立たない……けど、たまに美味しいソロがもらえる楽器です。

ちなみに、練習中に先生が「そこ、サックスだけ吹いて」と言った場合、それはだいたいアルトのことを指しています。テナーやバリトンは「私たちもサックスなんだけど……」と思いつつ、黙ってじっとしているのが《サックスあるある》です。

●サクソフォン経験のある有名人……平原綾香、石丸幹二、三倉佳奈、島崎遥香（ＡＫＢ48）

フルート

担当キャラ＝傘木希美、西条花音

すべて金属でできているのに木管楽器です。吹き口に息を吹き込むことで音を鳴らすという独特の奏法で、「エアリード」と呼ばれています（リードとは、クラリネットやサクソフォン、オーボエなどで音を出すために使われる葦《あし》などの薄い板）。

　その可憐《かれん》な演奏スタイルゆえに、女子の奏者はお嬢様度が三十％アップすると言われています。しかし、それはあくまで「見た目」のことであり、実際に中身までお嬢様かというとかなり疑問が……いや、なんでもありません。

　サイズは小さいですが、金属の楽器を横に構えたまま吹き続けるのはかなり重労働で、肩こりや腰の痛みを抱えている人もいます。また、吹き込んだ息も半分ほど外に逃げてしまうため、決して楽なパートではありません。どの曲でも高速で上下するパッセージがあり、もっとも指先が忙しい楽器と言えるでしょう。

●フルート経験のある有名人……
小倉優子、山﨑夕貴（フジテレビアナウンサー）、芳根京子

クラリネット

　吹部以外の人から「クラリネット？　壊しちゃったの？」「ドとレとミとファとソとラとシの音が出ないんでしょ？」と言われてうんざりしているクラリネット。吹奏楽のなかでもっとも人数の多いパートです。一般的なものはB♭クラリネットで、やや小型で高音が出るE♭クラリネット、中型のアルトクラリネット、低音を担当する大型のバスクラリネットやコントラバスクラリネットなど、クラリネットファミリーはなかなかの大家族です。

　ボディはおもにグラナディラという希少な木材でできており（プラスティック製などもあります）、急激な温度変化などでパッキリ割れてしまうこともあるので、扱いには注意が必要です。

　練習の際には顧問の先生にいちばん近い位置に座ることが多いため、先生の汗やツバが飛んできたり、先生が激怒したときにとばっちりを受けたりすることがよくあります。

●クラリネット経験のある有名人……さかなクン（ほかサックスなど）、財前直見、常盤貴子、森高千里

オーボエ

担当キャラ＝鎧塚みぞれ、西条美音

上下に張り合わせた二枚のリード を震わせて演奏するダブルリード楽器のひとつ。「オーボー」とも呼ばれます。通常、管楽器の演奏にはたくさんの息が必要とされ、奏者は息が足りなくて苦しい思いをしますが、オーボエはリード部分が小さくて息が入りにくいため、逆に息が余って苦しくなる楽器です。また、ギネスブックに「世界で一番難しい木管楽器」として掲載されていたこともあります。

オーボエは高価で楽器の扱いも難しいため、すべての学校にあるわけではありません。ゆえに、「特殊管」と呼ばれ、楽譜によっては、オーボエパートは「オプション（＝もしオーボエがあるなら使ってね）」となっていて奏者の悲しみを誘います。

その哀愁の漂う音は吹奏楽のなかでも独特の存在感を放っており、情感のこもったソロを任されることも少なくありません。

ボディはもちろん、リードも非常に高価で、一般的にアルトサクソフォンのリードの十倍ほどの値段がします。

ファゴット

担当キャラ＝小山桃花

楽器名の語源はイタリア語で「薪《まき》の束」。「バスーン」とも呼ばれます。オーボエと同じダブルリード楽器で、低音を担当する木管楽器。さらに一オクターブ下の音が出る大型楽器・コントラファゴットもあり、楽団のなかで特異な存在感を示します。

　ファゴットを知らない人には「あの竹みたいな形の楽器」とか、「お菓子のトッポみたいな……」とか言うとわかってもらえることが多いです。じつは、そこそこいい車が買えてしまうくらい高価。それゆえ、強豪校は別として、ごく一般的な学校ではオーボエよりさらに所持率が低い楽器です。扱いが難しく、なかに溜まった水分を放置すると管体が腐ってしまうという恐ろしい事態になることもあります。

　牧歌的なポケーッとした音がファゴットの魅力。一方、右手の親指で四つ、左手の親指で十前後のキーを操作しなければならず、演奏はとても難しいです。

●ファゴット経験のある有名人
……菊地成孔、和久井映見

パーカッション

担当キャラ＝神田南

打楽器のこと。略して「パーカス」「パーカ」などと呼ばれますが、まれに「パー」と呼ぶ学校もあります。とにかく明るく、ノリがいいのが奏者の特徴です。外見的にはそう見えなくても、『エル・クンバンチェロ』や『宝島』などを演奏してみれば、パーカッション担当の本性がわかるでしょう。

　扱う楽器はスネアドラム・バスドラム・ティンパニといった太鼓系から、シロフォン・ビブラフォンなどの鍵盤打楽器系、さらにはシンバル、トライアングル、ハープ、マラカス、ブレーキドラム（自動車のブレーキ部分）まで、とにかく多彩！　その芸達者ぶりに管楽器奏者は脱帽です。

　合奏練習のとき、管楽器のチューニングや基礎合奏などパーカッションの出番がない時間が長く、パーカッション担当の部員は睡魔と戦うことになります。一方、ティンパニの陰に隠れてマンガを読んだり、宿題をやったりするツワモノも。

●パーカッション経験のある有名人……Tomoya（ONE OK ROCK）、生駒里奈（乃木坂46）

吹部のハローワーク

麗奈や久美子、梓たちは、将来どんな職業についているのでしょうか？　吹部の子たちが経験を活かせる仕事とは？　実際に吹奏楽経験を活かして各界で活躍していらっしゃる８名のOB・OGに、仕事につくまでの経緯や現役部員へのアドバイスをいただきました！　誰がどんな仕事に向いているか、想像してみよう！

染野真澄（そめのますみ）

【職業】
ユーフォニアム奏者

【仕事内容】
演奏活動、ユーフォニアム講師、
バンド・パートトレーナーなど

【吹奏楽を経験した学校】
練馬区立小竹小学校、女子聖学院
中学・高等学校

【担当パート】
アルトサクソフォン（小学校）、
ユーフォニアム（中学校・高校）

【現在の仕事についた経緯・志望動機】

音大に進んだら、その楽器を続けるものだと自然に思っており、たくさんのありがたいご縁にも恵まれ、いまに至っています。母が音大卒（ピアノ）だったこともあり、物心ついたときから自然と大学進学＝音大一択でした。

幼稚園も音大附属だったので、小さいころからピアノ、歌、管・弦楽器……とひと通り経験し、また中学入学と同時に音大進学のためにフルートを習い始めましたが、吹奏楽部では先生に「あなたはユーフォニアム」と言われてしぶしぶユーフォニアムを始め（あるあるでしょうか・笑）、フルートとユーフォニアムの二足のわらじ生活に。高2のとき、漠然と「このままフルートで音大に行くだろう」と思っていた矢先、当時の部活のコーチ（なんとユーフォニアム奏者の牛渡克之氏!）に「だまされたと思ってユーフォでソロコンテストを受けてみろ」と言われて受けてみたところ、1位をいただき、なんと次の大会に進むことに! そこから急に「ユーフォニアムを続けたい!」と思い（単純）、急きょ専攻をユーフォニアムに変更して音大に進学。卒業後にプロの道を歩み始めました。

【現役吹奏楽部員へのアドバイス】

日ごろ、「音楽を仕事にしているなんてすごいね!」と言われることが多いのですが、何もすごいことはなく、恥ずかしながら単純に「音楽以外に興味が湧かなかった」というのが本心です（笑）。ただ、昔からいろいろな楽器を経験してきましたが、始めた当初からユーフォニアムだけは本当に「楽しい」と思ったことしかなく、練習もしたくてたまらないタイプでした。

ただ、音大進学、仕事となると話は別で、思うように演奏できず先生の前で大泣きしたことも、1人で練習室で泣きながら眠ってしまったこともあります。なので、もし音楽を仕事としていきたいと考えている方がいれば、音楽＝部活や趣味の延長ではないので、つらいことや大変なことがたくさんあるということはお伝えしたいです。ただ、それ以上に演奏した後に「楽しかった!」という感想とともにお客様の笑顔を見ると、このうえなく幸せな気持ちになれることも追記しておきます。これを読んでくださった方といつか共演できますように!

大井剛史（おおいたけし）

©K.Miura

【職業】
東京佼成ウインドオーケストラ正指揮者ほか

【仕事内容】
指揮者

【吹奏楽を経験した学校】
栃木県芳賀町立芳賀中学校

【担当パート】
パーカッション

【現在の仕事についた経緯・志望動機】

音楽には幼児のころより興味があり、ピアノも自ら習いたいと言って始めたものの、あまり本腰は入れていなかったのですが、中学生になり、吹奏楽部に入部したことですべてが変わりました。

指揮者については、最初はテレビで見たりして憧れたのだと思いますが、吹奏楽部で実際に指揮をした体験が決定的になりました。スコアを読むのも面白かった。それで、将来は指揮者になりたいと思い、東京藝術大学の指揮科に入って、いまに至ります。

【現役吹奏楽部員へのアドバイス】

指揮者という仕事は、お勧めできません（笑）。精神的にも肉体的にも大変です……。吹奏楽部で毎日頑張っている皆さんの多くが、やはりコンクールでいい賞をもらうことを目標のひとつにされていると思います。そこにまっすぐ向かっていくことは素敵。でも、本番の演奏を終えるまでに、ぜひ金賞以上に大切な「何か」を見つけてほしいと思います。それを見つけることのできた人が、本当の意味での「ゴールド金賞」に値すると思います。

櫻内教昭（さくらうちのりあき）

【職業】
精華女子高等学校教諭

【仕事内容】
音楽科、吹奏楽部顧問

【吹奏楽を経験した学校】
出雲市立今市小学校、出雲市立第一中学校、島根県立大社高等学校

【担当パート】
トロンボーン

【現在の仕事についた経緯・志望動機】

たまたま母校（出雲一中）が音楽科と吹奏楽部の先生を探していて、出身者ということで引き受けました。1年で辞めるつもりでしたが、その1年間で、教師として音楽の素晴らしさを伝える、また部活動で生徒と一緒に音楽を作り上げる喜びを体験し、教師という仕事を一生の仕事としたいと思うようになりました。

【現役吹奏楽部員へのアドバイス】

好きなこと（音楽・楽器・吹奏楽）を仕事とするのは、毎日がとても充実しています。大変なことももちろんありますが……。感受性の豊かな子供達とともに音楽をすることは、何事にも替えることができない楽しみでもあります。

教師という仕事は、いろいろな知識や経験が必要です。好き嫌いをせず、さまざまなジャンルの音楽に興味を持ち、チャレンジする気持ちを持っていてほしいです。また、なんでもいいので、学生時代にやりきったという経験・体験を持っているかどうかが大切になります。あきらめずに頑張ってください!

柏諒子（かしわりょうこ）

【職業】
ヤマハミュージック池袋店勤務

【仕事内容】
楽譜CD売場販売員

【吹奏楽を経験した学校】
茗溪学園中学校・高等学校

【担当パート】
トランペット

【現在の仕事についた経緯・志望動機】

定期演奏会が大好きでした。演奏自体はもちろんのこと、コンサートを創り上げることに魅力を覚えました。音楽を通して誰かと心が通う感覚がたまらなかったのです。

そのころから漠然と「音楽を通して人とつながる仕事がしたい」と思っていました。就職活動も音楽に関わる会社ばかりを受けましたが、そのなかで縁があったのがいまの職場です。

【現役吹奏楽部員へのアドバイス】

現在は、楽譜の販売員をしています。楽譜や書籍の売り方を考え、お客様に提案します。販売を通して、楽譜の先にあるお客様の音楽生活を豊かにできることはとても有意義です。

学生時代はなんでもできて、いくらでも失敗できます。学生の特権です。部活動はじめ、いろいろなことにためらわず挑んでください。

本田文和（ほんだたけかず）

【職業】
キングレコード株式会社勤務

【仕事内容】
制作プロデューサー

【吹奏楽を経験した学校】
修道中学校・修道高等学校

【担当パート】
サクソフォン

【現在の仕事についた経緯・志望動機】

大学時代にうちの会社でアルバイトしていた際、ジャズのレコーディング現場で目撃した録音が後日CDになってできあがってきたのを聴いたときにとても感動し、この仕事に興味を持ちました。

現在は全日本吹奏楽コンクール全国大会も録音させていただいています。皆さんが全身全霊で演奏された“その時、その場限りの音”を、CDという形に残す仕事にやり甲斐を感じています!

【現役吹奏楽部員へのアドバイス】

「あの憧れのアーティストとまさか自分が一緒にお仕事する日が来るとは!」という機会もたくさんあります。我々の仕事は企画立案、予算管理、契約交渉、スタジオワークなどなど多岐にわたり、多くの人と関わってひとつの作品を作り上げる必要があるので“高いコミュニケーション能力”と“どんな状況にも動じない強いハート”が必要です(笑)。

吹部で培ったチームワークやガッツは、どんな仕事に就いても必ず活きてくると思いますヨ!

福田洋介（ふくだようすけ）

【職業】
作編曲家、指揮者、東邦音楽大学特任准教授

【仕事内容】
作編曲、指揮ほか

【吹奏楽を経験した学校】
杉並区立向陽中学校、東京都立豊多摩高等学校

【担当パート】
打楽器（中学校）、オーボエ（高校）

【現在の仕事についた経緯・志望動機】

中学生当時からデジタル環境での音楽作りを実践。高校在学中に演劇の音楽製作を担当して以来、演劇・舞踊・映画などの音楽製作を中心に活動した20代だが、2003年に『吹奏楽のための「風之舞」』が朝日作曲賞を受賞して以降、吹奏楽やアンサンブル作品の創作を中心としている。近年は指揮者としても精力的に活動中。中学高校時代に体験した吹奏楽活動とその音楽が楽しかったから、その楽しみを皆とシェアしたいという思い。

【現役吹奏楽部員へのアドバイス】

作曲とは「自分から世界を繰り広げて発信する」こと。音楽は時空を越えたファンタジックな体験ができるメディア。私が中心に取り組んでいる吹奏楽という演奏形式の持っている甚大なるエネルギー感と立体的な表現能力の可能性は高く、しかし譜面が簡単には組み上がらない難点もあるが、それがまた奥行きであり、楽しく思います。

創作し発表する機会を得るのは簡単ではないけど、自作が実演できたときはいつも大喜びです。

森脇健太（もりわきけんた）

【職業】
黒澤楽器店勤務

【仕事内容】
管楽器修理

【吹奏楽を経験した学校】
福岡県立嘉穂高等学校

【担当パート】
トランペット

【現在の仕事についた経緯・志望動機】

高校吹奏楽部時代に楽器を壊して修理工房へ行ったとき、リペアマンの方がその場で直してくれた姿に感動したのがきっかけでした。もともと細かい作業が好きだったこともあり、修理技術を学びたいと2006年に専門学校ESPミュージカルアカデミーに入学。

卒業後は株式会社黒澤楽器店に入社し、現在は新大久保のサックス専門店“サキソフォン・ラボ”のリペアマンとして、サックスだけではなく日々たくさんの楽器たちに囲まれながら修理しています。

【現役吹奏楽部員へのアドバイス】

キィメカニズムや管体の素材、メッキ・ラッカー仕上げなど発見と驚きがたくさんあり、毎日自分の知識が増えていく喜びがあります。お客様との会話のなかでの発見も多くあります。楽器のお手入れのときに自分の楽器を細かく見てみてください。「あ!　こんなところに小さいネジがある!　これはなんだろう?」

そんな疑問があればリペアマンに質問してみてください。面白い発見があるかもしれませんよ。

森堅史（もりけんじ）

【職業】

楽譜出版社　ASKS Winds
（アスクスウインズ）代表

【仕事内容】

吹奏楽·アンサンブルの楽譜出版並びに販売

【吹奏楽を経験した学校】

埼玉県小川町立東中学校、埼玉県立松山高等学校、Lakeland University（米国）

【担当パート】

チューバ

【現在の仕事についた経緯・志望動機】

米国の大学で音楽を学び、希望の就職先である楽器店に入社するも、楽器を吹く時間が取れないため、1年足らずで離職。その後、絵画関連企業、オーディオメーカー、IT企業と様々な経験を積み、WEB制作会社を設立。自社の代表的な事例として、吹奏楽情報サイトを立ち上げるとともに、日の目を浴びていない楽曲をWEBで販売できないかと2011年に楽譜販売サイトを開始。5年でユーフォニアム、チューバを中心とする1400タイトルを有する楽譜出版社の代表になる。

【現役吹奏楽部員へのアドバイス】

楽譜出版業は、決してメジャーな職業ではありません。しかし、星の数ほど存在する音楽作品に出逢える可能性のある、とても素敵な仕事であると思います。

音楽は全世界共通の言語です。英語が読めなくても楽譜は読める。私がアメリカの大学時代に気づいた目からウロコな真実でした。楽譜出版は全世界に顧客がいる巨大なマーケットを持つ仕事です。学生の皆さんは、音楽のジャンルにとらわれることなく、なんでも聴いてみてください。

「吹奏楽部」日誌　あとがき

この「吹奏楽部」日誌を最後までお読みいただき、ありがとうございます。経験がない人でも、吹奏楽部ならではの用語や習慣、文化、活動内容などがおわかりいただけたのではないでしょうか。

じつは、まだまだ書ききれていないことがたくさんあります。それくらい吹奏楽は奥が深く、ユニークなものなのです。だからこそ、『響け！ ユーフォニアム』の登場人物たちもどっぷりハマって練習に打ち込んでいるのでしょう。そして、この日誌を読んでいただくことで、久美子や麗奈、葉月、緑輝の気持ちがさらにありありと理解できるようになるのではないかと思います。

吹奏楽部に所属している人がより部活を好きになり、そうでない人にも「吹奏楽ってなんか面白い」「やってみたい！」と思ってもらえたならうれしいです。

吹奏楽作家・オザワ部長

『響け！ユーフォニアム』シリーズへの

応援コメント

カバーイラスト、コミカライズ版、取材、アニメ化などでお世話になった関係者の皆さまから、小説シリーズに対する感想と応援コメントをいただきました！

▼漫画家　アサダニッキ

1　『響け！ユーフォニアム』シリーズに対するご感想

カバーイラストを描くために初校のゲラを送っていただいて、付箋を片手に読み始めるのですが、毎回仕事のことを忘れて夢中で最後まで読みふけってしまいます。十代のころのひりひりするような感情のやり取りや、生傷をたくさん作りながらもたくましく前へ進んでいく久美子たちの姿に、懐かしさとまぶしさで胸がいっぱいになります。出会えたことが読者としてとてもうれしい、そんな作品です！

2　シリーズのなかで、好きなエピソード

私は2巻の「北宇治高校吹奏楽部のいちばん熱い夏」がとりわけ好きで、キャラクターのなかでは優子先輩がいちばん好きなのですが、合宿の夜の久美子との遭遇シーンは何度も読み返すくらい大好きです。香織先輩贔屓の怖い二年生……だったのにその印象が変わり始める、とても印象深いエピソードでした。立華高校のほうでは、志保がバストロンボーンに変わった際、梓先輩に励まされるシーンが大好きです！

大好きです!
ゲラを読みながら何度涙したか
わかりません…
青春のきらめきも むごさも
愛おしさも詰まった作品だと
思います。
広がり続ける
「響け!ユーフォニアム」の世界を
この先も応援しています!
アサダニッキ
今回のこの衣装を あれこれ
話し合いながら決めたのも
楽しかったです!

▼漫画家　はみ

1　『響け！ユーフォニアム』シリーズに対するご感想

自分も吹奏楽部だったので、練習の厳しさや、人間関係の衝突や、コンクールの喜びなどの、リアルな気持ちがすごく伝わってきて、久美子たちと一緒に北宇治高校吹奏楽部を体験しているような気持ちをいただいています。

2　シリーズのなかで、好きなエピソード

思い出深いのは、3巻で香織先輩があすか先輩の靴紐を結んであげるシーンです。武田先生に初めてお会いしたときに、ほどけていた靴紐を私が結ぼうとして周りにいた編集部のみなさんを慌てさせてしまう……ということがあったのですが、あとで武田先生に、あのシーンはあのときの……？　と聞いたら笑っておられました。

久美子たちと一緒に、
笑ったり泣いたり、もう一度
高校生をやらせてもらっている
気分です

▼東京都立杉並《すぎなみ》高等学校　吹奏楽部名誉音楽監督　五十嵐《いがらし》　清《きよし》

1　『響け！ ユーフォニアム』シリーズに対するご感想

高校の授業だけでは得られない、仲間の大切さを吹奏楽部の活動を通して描いた青春ドラマ。コンクール全国大会出場を目指す姿はフィクションと思えないほどリアル感があり、仲間とともに喜怒哀楽を体験して成長していくさまに、素直に感動します。

2　シリーズのなかで、好きなエピソード

1巻の二七五ページからの滝先生と久美子とのやり取り場面。滝先生の「私、本気で思っていますよ。このメンバーなら、全国に行けるって」。それに対する久美子の「信じてくれている。温かな感情が〜」が、生徒を思い信じるという指導の原点が表現されていて、ジーンときました。また、同巻二九三ページからのトランペットソロの再オーディション場面も印象深いです。

3　シリーズに対する応援コメント

『響け！ ユーフォニアム』というマイナーなタイトルが素晴らしい。主人公の演奏する楽器は、豊かに包みこむような音色の癒し系。目立たないが各パートをつなぐ大切な存在。主人公と楽器のキャラクターを重ねながら、ほかの登場人物が織りなすドラマを見事に描いている。きっとこのシリーズを読んで、学校でも会社でも「一人ではないんだ」を改めて感じることと思います。

▼京都 橘《たちばな》高等学校　吹奏楽部顧問　田中宏幸《たなかひろゆき》

1　『響け！ユーフォニアム』シリーズに対するご感想

立華高校のシリーズしか詳しく読んでおりませんので、そのことに限定されますが、うちの生徒たちを見ているようで、大変興味深く読ませていただきました。ただ、私がおばさんとして描かれているのと、マーチングコーチが実在の人物とは対照的な「紳士」であることには苦笑いです。

2　シリーズのなかで、好きなキャラクター（エピソード）

・立華高校吹奏楽部の男子たち

部内での立ち位置と言いましょうか、女子に対するスタンスが、橘に数人存在する男子と大変よく似ています。一日だけの取材でよくここまで観察したと、綾乃さんの心眼には敬服します。

・熊田先生

私が日常、生徒たちに念仏のように言っていることがそのまま描かれていたり、コンサートでしゃべりまくっている図は、自分を客観的に見させていただきました（笑）。

3　シリーズに対する応援コメント

もし、実物の橘高校が全国大会へ出場できない年があっても、立華高校は全国大会金賞を守り続けてください！

▼アニメ『響け！ユーフォニアム』監督　石原立也《いしはらたつや》（京都アニメーション）

1　『響け！ユーフォニアム』シリーズに対するご感想

久美子の心に潜むドロドロしたものも描かれていて、面白いと思いました。爽やかさや純粋さだけではない、高校生活の泥臭さとかですね。でも青春ってそんなものだと思います。「青春」というものは、その時を現在進行形の人間が実感するものではないと思います。

2　シリーズのなかで、好きなエピソード

アニメではあまり拾えていないんですが、滝先生の奥さんが（あくまで久美子の感想ですけど）少し香織に似ているといった辺りが気に入っています。もしも本当に似ているのだとすると、1巻のトランペットソロオーディションのときに、「あなたがソロを吹きますか?」という言葉を滝先生はどんな気持ちで言ったのだろうと考えると涙が出てきます。

3　アニメ化する際に、とくに意識した点や気をつけた点

吹奏楽部っぽさ、です。吹奏楽人口が多く、ウソやミスがバレやすいので、経験のあるスタッフのアドバイスを随時取り入れるようにし、なるべくその部活の持つ世界観や空気感を表現したいと思いました。

4　シリーズに対する応援コメント

僕が高校生の頃は「ブラスバンド部」と言っていましたが、長いあいだの人気や歴史のある部活動です。吹奏楽の経験はありませんが、放課後など、どこからともなくトランペットやホルンの音が聞こえてきたのを思い出します。時は流れても、このシリーズに描かれている風景は不変のものだと思いました。個人的には2巻のみぞれの心境など、共感するものがあったりします。これからも細やかな人の心を描いてください。

▼アニメ『響け！ ユーフォニアム』シリーズ構成　花田十輝《はなだじゅっき》

1　『響け！ ユーフォニアム』シリーズに対するご感想

吹奏楽部に正面から向き合った瑞々しい作品だなと思いました。

2　シリーズのなかで、好きなエピソード

麗奈と香織のトランペットソロを決めるところは、心が震えました。

3　アニメ化する際に、とくに意識した点や気をつけた点

作品全体に流れる吹奏楽部の生々しさみたいなものは、大切にしていこうと思いました。

4　シリーズに対する応援コメント

若さ、青臭さ、そこから生まれる瑞々しさ。正面からまっすぐに向き合うことでしか生まれない、そんな青春の機微が描かれている作品だと思います。これからも楽しみにしております。

▼アニメ『響け！ユーフォニアム』キャラクターデザイン 池田晶子《いけだしょうこ》（京都アニメーション）

1 『響け！ユーフォニアム』シリーズに対するご感想

若いなぁ、青春だなぁ、頑張ってるなぁと。あと、学生時代には、思い至らなかった周りにいた同級生たちのそれぞれの想いとか、自分自身の当時の考え方とか、ちょっと振り返って考えてみたり。流されやすくて毒を吐く久美子は私っぽいな～と思って読みました。私のほうがもう少し我は強かったですけどね（笑）。

2 シリーズのなかで、好きなエピソード

印象的なのは、アニメで作った部員キャラの設定を原作で使用していただいたりしたこととか。なんか、変な設定キャラ共存させちゃってすみません（汗）って感じで（笑）。

3 アニメ化する際に、とくに意識した点や気をつけた点

文章にはなっていないけど画面になると必ず映り込んでくる環境、なかでも楽器を持った大勢いる部員たちのことが、原作一読目から気になって気になって……（笑）。それぞれを、原作キャラと同じくリアリティを持ってアニメーターに描いてもらうためにはどういう設定にすればいいかなと考えて作業しました。

4 シリーズに対する応援コメント

巻を重ねるごとに魅力的なキャラが世界を膨らませてくれるので、まだまだ続いていくことを本当に楽しみにしています！

▼アニメ『響け！ ユーフォニアム』シリーズ演出

山田尚子《やまだなおこ》（京都アニメーション）

1 『響け！ ユーフォニアム』シリーズに対するご感想

等身大でとても瑞々しくて、においのする作品だと思いました。きれいごとだけじゃない、集団で何かに向かっていくための摩擦や融合が、経験者ならではの視点でとてもストレートに描かれていると感じました。

2 シリーズのなかで、好きなエピソード

2巻のみぞれと希美のエピソードにとても引き込まれました。勘違いとか思い違い、嫉妬、執着、依存、いろいろな思いが行き違ってとてもおもしろかったです。独特な目線でありながら、とても共感するエピソードだと思いました。

3 アニメ化する際に、とくに意識した点や気をつけた点

主人公である久美子の目線がとてもいいので、そこをなんとか表現してみたいと思いました。なんというか少し冷めていたり、色気があったり、目の前の本題から少し目をそらしている感じ。あと、久美子はよく飲み物を飲んでいるので、そこも地道に拾っていきたいな……と思っていました。吹部特有なのか、久美子がのどが渇きやすい子なのか、とてもかわいらしいです。

4 シリーズに対する応援コメント

吹奏楽という大人数を相手に、人間ドラマを描いていかれることはとても大変だと思います。でも……すっごくおもしろいです！　できればまだまだ久美子たちの青春を読んでみたいです。

あとがき

この本を手に取ってくださり、ありがとうございます。あとがきを書くのはこれが初めてなので、少しドキドキしています。

『響け！　ユーフォニアム』も、気づけばこんなに長いシリーズとなりました。1巻を書いたときにはまさかここまで多くの方々に読んでいただけるとは思っていなかったので、本当にありがたく思っています。とてもうれしかったので張り切って短編を書いたら、想定していたものよりずいぶんと長くなってしまいました。かなり濃いお話になったと思っていますので、皆さまに楽しんでいただければ幸いです。

この作品のアニメ化が決まったとき、正直に言うととても恐ろしくなりました。もちろん、アニメ化自体は本当にうれしくて、アニメの放送がいまかいまかと待ち遠しい日々が続いたのですが、自分の作品にそこまでの魅力があるのだろうかという不安の気持ちがどうしても拭えませんでした。しかしファンレターやイベントなどでたくさんの方々に温かい言葉をかけていただいたことで、少しずつですが作品に対して自信が持てるようになりました。アニメも本当に素晴らしく作っていただいて、自分がいかに幸運な人間であるかをしみじみ感じました。

シリーズを振り返ってみると、ずいぶんと多くのキャラクターが作品内に登場していて自分でも驚きました。すべてのキャラクターに愛着がありますが、やはりそのなかでも主人公である久美子にはひと際思い入れがあります。ちょっと斜《はす》に構えたところもありますが、なんだかんだいって魅力の多い子になったように思います。本編では扱いが雑なことも多いですが、もちろん秀一のこともちゃんと気に入っています。この二人の関係性というのはとても安定していて、書いていて非常に楽しかったです。逆に、書いていて自分でも驚いたのが、立華高校編でした。単なるスピンオフで終わらないよう、北宇治とは別のドラマを書こうと意識して取り組んだのが立華高校編だったのですが、まさかあんなことになるとは構想段階では予想もしていませんでした。久美子とは対極にある積極的な性格の梓ですが、書き終わったいまではとても気に入っています。ほかにもたくさんの登場人物がいますが、そのなかに一人でも皆さんの心に残るようなキャラクターがいればうれしいです。

最後になりましたが、取材に協力してくださった吹奏楽部関係者の皆さま、何から何まで相談に乗ってくれた友人のMとK、このシリーズに携わる多くの方々、そして何より、ユーフォニアムシリーズを応援してくださる読者の皆さまに、心よりお礼申し上げます。本当にありがとうございました。

二〇一六年九月　武田綾乃

イラスト＝アサダニッキ

武田綾乃（たけだ・あやの）

1992年、京都府生まれ。
2013年、第8回日本ラブストーリー大賞 隠し玉作品『今日、きみと息をする。』（宝島社文庫）でデビュー。他の著書に『響け！ ユーフォニアム　北宇治高校吹奏楽部へようこそ』『響け！ ユーフォニアム2　北宇治高校吹奏楽部のいちばん熱い夏』『響け！ ユーフォニアム3　北宇治高校吹奏楽部、最大の危機』『響け！ ユーフォニアム　北宇治高校吹奏楽部のヒミツの話』『響け！ ユーフォニアムシリーズ　立華高校マーチングバンドへようこそ　前編・後編』（以上、宝島社文庫）がある。

宝島社文庫

響け！ ユーフォニアム
北宇治高校の吹奏楽部日誌
（ひびけ！ ゆーふぉにあむ　きたうじこうこうのすいそうがくぶにっし）

2016年10月20日　第1刷発行

監　修　武田綾乃
発行人　蓮見清一
発行所　株式会社 宝島社
〒102-8388　東京都千代田区一番町25番地
電話：営業 03(3234)4621／編集 03(3239)0599
http://tkj.jp

印刷・製本　株式会社廣済堂

ISBN978-4-8002-6226-4